青蛙

THE FROG

賈平凹

目次

推薦序／

蛙的聲音，凹的聲音

——賈平凹的《青蛙》

王德威

「小說……是排毒的事，排社會毒，自己也排毒。」[1]——賈平凹

賈平凹與蛙有緣。他名字的「凹」音同「蛙」，小名為「平娃」。蛙是先民圖騰崇拜的重要母題之一，與繁殖創造息息相關。女媧神話一說也源於此，媧者，蛙也。相傳混沌初開之時，洪水吞噬大地，只有伏羲和女媧兄妹劫後倖存。

1 賈平凹，〈賈平凹談讀書寫作〉，《中華讀書報》https://epaper.gmw.cn/zhdsb/html/2024-01/10/nw.D110000zhdsb_20240110_1-30.htm。

女媧摶土造人，華夏子孫從此繁衍。在賈平凹成長的陝南農村，這類媧與蛙的神話必定深藏庶民潛意識中。他個人又對生命的奧祕常懷敬畏之心，作品從不避筮巫休咎情節。小說以青蛙命名，顯然有深意存焉。

動物經常見於以往賈平凹的小說中，最著名的當屬《懷念狼》、《帶燈》。在散文〈動物安詳〉裡，他描寫各種各樣的動物收藏，從標本到化石到工藝，「龍虎獅豹，牛羊豬狗，魚蟲鷹狐，就給了我力量」，有如「一種緣分」。《青蛙》為賈平凹的動物列傳再添一部佳作。這本小說對他而言應有特殊意義，除神話聯想外，其中有著強烈的個人傳記色彩。小說誠為虛構，但賈平凹的寫作甚至穿梭陰陽，何況虛實？

《青蛙》講述一個少年在文化大革命成長的經歷。陝南秦嶺山脈下的尖角梁地帶原是不毛之地，因逃荒流徙者聚集而形成「雜村」，寓意烏合之眾。文革爆發，雜村卻搖身一變，改名團結村。原來廢棄的尖角梁勞教所被徵用為學習班，監管各地反動分子，村民因而意外有了營生的資源。

少年安生在團結村長大。一九六八年熱火朝天的日子裡，他和同伴無書可讀，鎮日遊蕩。安生不快樂，因為他的父親——原來鎮上的教師——也被關進了學習班。一日父親意外獲釋返家；他遍體鱗傷，而且斷了一條腿。原來釋放命令下達時，父親誤以為自己大難將至，跳樓輕生。陰錯陽差下，他的歸來有如一場荒謬劇。小說由此開始。

文革曾是當代大陸文學最重要的主題之一。從傷痕到先鋒，幾代作家從各種角度描繪「十年浩劫」的苦難。然而近年文革書寫成了禁區，遑論歷史或研究。「新時代」裡一切充滿希望，何必回頭？部分學者文人審時觀勢，甚至讚揚文革的大民主情懷，除舊布新的正能量。

這使我們思考賈平凹此時此刻寫出《青蛙》的動機。作為當代大陸一線作家，他大可不必蹚進這場渾水，違逆官方主旋律。更何況文革文學已有珠玉在前，他未必能超越前人標杆。然而賈平凹顯然有不得不寫的衝動。與其說他不識時務，不如說他覺得「是時候了」。在集體記憶逐漸消失，宏大敘事一錘定音的此刻，總得有個聲音——不論多麼單調或重複——應該被聽見：蛙的聲音，凹的聲音。但知易行難，《青蛙》在中國大陸其實命運未卜。

*

《青蛙》的故事對賈平凹有切身之痛。小說裡的鄉村教師原型不是別人，正是賈平凹的父親。解放前父親曾因謀職與國民黨稍有接觸，這一歷史的偶然日後卻成為反動的證據；父親百口莫辯，一夕之間成為人人喊打的階下囚，家人也遭連坐蒙羞。賈平凹曾以不同文字回憶這段家族創傷，但《青蛙》不僅將其置入一個更複雜的社會脈絡裡，檢視來龍去脈，更思考多少年後，如何化解創傷之道。

這就牽涉到小說的另一層面：文學救贖——或曰「排毒」——的可能與不可能。故事裡的安生可以視作少年賈平凹的化身。文革的狂暴，青春的懵懂，生活的艱難讓他無以為對，轉而從自然環境求取解脫。《青蛙》裡這樣寫道：「父親要回來的消息，安生正在村西南的澇池逮青蛙。」要到一甲子以後，賈平凹才終於明白兩者之間的關聯。《青蛙》寫的就是一個農村少年初識傷痕滋味、尋求蛻變之路的故事。他要找尋一種聲音，用以安頓身心。《青蛙》是蝌蚪變成青蛙，也是蛙變成凹的前傳。

青蛙為少年安生帶來什麼啟示？陝南山麓多為旱地，靠河濕地澇池則可見青蛙蹤影。安生「說不清從什麼時候起喜歡上了青蛙，反正是能整晌整晌蹴在澇池邊聽青蛙叫。青蛙的嘴大，又好像總是驚訝，發出的聲都是單詞。」「好多人都這麼說我，說多了，我也覺得或許我就是青蛙托生的。」他琢磨青蛙的命名，「青是牠們大多長著青綠皮膚，蛙則是以牠們的叫聲。牠們的名字是人們給牠們起的，牠們叫起來就是自己叫自己。」

那是一種對顏色、也是對聲音的直覺反應。蛙的發聲如此簡單，彷彿是對外界最原初的驚詫回應（「哇！」），也更是「自己叫自己」。彼時的安生還不足以理解這其中的牽引，但冥冥中自有一種力量鼓動著他，由形聲而會意，由體物而緣情，一種文學的自覺油然而生。久而久之，他甚至連長相也有了青蛙的意思，眼睛突出，大嘴細胳膊細腿。「青蛙一叫脖子下鼓一個氣包，我沒有氣包，有了疝氣，一用力下邊××便大了。」

但在非常時期裡，青蛙還有更複雜的寓意。少年發現一個祕密：青蛙愛叫，但只在沒有驚擾的時候做聲，外界「一有風吹草動便啞口」。這讓他有了理解，在村裡的賊越來越多，狗越來越少的情況下，青蛙可以擔任警戒。當相安無事的環境裡，蛙鳴處處，一但有任何動靜，就無聲無息。「狗守家護院是叫，青蛙守家護院是不叫，突然的不叫更讓人警覺。」

文革帶來聲音政治的奇觀。各種呼號吶喊、語錄文宣經過傳聲工具日夜放送，鋪天蓋地，陝南山村也不能免。與此同時，少年安生和他的同伴挨家分送青蛙，名為防盜，但也可能不自覺的傳遞一種「自己叫自己」的福音。萬籟俱寂的夜晚，呱噪的蛙聲反而成為一股安定人心的信號。只有當青蛙不叫時，人們感受惘惘的威脅已經欺近。就此，賈平凹寫出一則有關政治本能與自然感應的寓言。曾有一個年代一方面鑼鼓喧天，一方面卻「萬蛙齊喑」。而這則寓言到了今天似乎未完待續。

＊

《青蛙》對文革民間的暴力與日常生活有尖刻描寫。團結村的積極分子歐斯底里，迫害反革命者無所不用其極；另一方面多數人卻麻木無感，久而久之，雙方甚至將暴力血腥和耕作起居混為一談。這類描述在以往文革敘事裡並不少見，賈平凹的不同在於他將革命現象推向極致，揭露人性最無明殘酷的一面，同時又能調動文字，從中發現——甚至發明——有情的時刻，作為反諷或救贖。由此生出暴力與抒情的張力，最為可觀。

小說的暴力核心是尖角梁學習班。學習班位於團結村邊緣，前身是勞教所。周圍各地的壞分子、反革命都被集中管理教育，實則虐待迫害。令人無語的是，團結村村人反而因為學習班的存在得到雇工雜活的好處，更不說探監者帶來的花銷。然而天地不仁，饑荒降臨，使得革命情勢更為嚴峻。首當其衝的當然是學習班犯人，餓死枉死者有如家常便飯。

賈平凹在《青蛙》後記提到小說寫作的動機，緣於閱讀邢同義的《恍若隔世》（二〇〇四），這牽動了中共監獄史一大線索。《恍若隔世》處理一九五〇年代末甘肅夾邊溝的一頁痛史。一九五七年反右清算開始後，僅夾邊溝勞改農場就關押了三千多名「右派」；因為過度勞動和大饑荒，到了一九六一年倖存者只得三百餘人。這一史實因為楊顯惠的《夾邊溝記事》（二〇〇二）出版而震驚於世。「夾邊溝」成為中國「古拉格群島」的代號，而官方則盡其所能淡而化之。

賈平凹刻意點出尖角梁學習班的前身是勞教所，暗示共和國裡的「規訓與懲罰」不論方法或譜系都一脈相承。人禍與天災輪迴重演，他的父親也是千萬「裸命」之一，儘管日後獲得平反，卻已經成為廢人。新左派學者或有言，這些都是「例外狀態」，黨的「自動糾錯機制」永遠能撥亂反正，何況毛主席不說過，「要奮鬥就會有犧牲，死人的事是經常發生的。」（《為人民服務》）。

這正是賈平凹所要反駁的。逝者已矣，他們所蒙受的不公不義其實無從平反，後之來者又何忍以數據，以理論，以國家機器強作解人，甚至遮蔽曾經發生的苦難？小說以呼嘯來去的馬蜂（馬克思蜂？）比喻盲目的「民粹正義」。在馬蜂群擾人耳目的轟轟聲中，青蛙偶然的叫聲如此簡單，卻勝過千言萬語。

漢娜・鄂蘭（Hannah Arendt）對集權主義曾有深刻觀察。她以納粹政權為例，提出「平庸之惡」（banality of evil），即在極端年代裡，一個奉公守法、理性自持的公民，也一樣能成為暴政的幫兇而毫無自覺。這一觀點提醒我們現代的「惡」有如水銀瀉地，滲透啟蒙理性生命。但鄂蘭並不因此忽視另一種惡，「根本之惡」（radical evil），甚至認為這才是始作俑者。「根本之惡」在本體論層次上否定人之為人的「複數性」（plurality）和「自發性」（spontaneity），將生命歸零猶如演算程式。隱含在這裡的不是惡平庸與否的問題，而是惡抹消一切價值意義的絕對虛無力量。[2]

鄂蘭對「惡」的詮釋未必完全契合賈平凹筆下的文革時代。團結村、尖角梁那些盲從嗜血的群眾其實早在魯迅《阿Q正傳》等小說裡就已經登場，甚至談不上「平庸之惡」。但她對集權暴政的審視，對生命主體的關懷仍然讓我們心有戚戚焉。《青蛙》裡所描寫的種種殘酷劇場不斷讓我們反省，這是古老民族劣根性又一次顯現，還是新中國烏托邦的最新發明？賈平凹的敘事一平如水，潛藏其

---

2 Hannah Arendt, *The Origins of Totalitarianism*（London: George Allen and Unwin, 1961） xxx. Paul Formosa, "Is Banal Evil Radical, Is Radical Evil Banal?" *Philosophy and Social Criticism* 33,6（2007），717-735.

下的恐懼與戰慄卻無比真切。

然而賈平凹更關心的是，當日常生活奉革命之名，構成對生命最大違逆時，我們要如何面對？《青蛙》的做法充滿辯證意義。賈平凹選擇以抒情筆意描述暴力，揭露人性最不堪的醜陋。行有餘力，他調動文字無中生有的力量，以想像力創造出路。村民的鬥爭你死我活，卻仍然得經營農事；日子如此荒涼無聊，擋不住少男少女情竇初開。安生為了逃避疏離的父子關係，在家中地窖深處找到安頓的所在；安生的母親不忍見學習班犯人的家屬前來探監（或收屍！）沒有落腳之處，打開家門接納素不相識的外鄉人。凡此構成的人間有情關係，與小說的暴力和荒謬場景形成尖銳對比。

以抒情寫暴力，賈平凹其實師承有自。早在四〇年代左翼作家孫犁（一九一三—二〇〇二）的《荷花淀》、《鐵木前傳》就曾描寫烽火中的農村偶然出現的田園場景。政治立場站在孫犁對立面的沈從文（一九〇二—一九八八）更有《長河》、《湘西》等作，記錄湘西故鄉大難降臨前迴光返照的一刻。他們的風格既非歌頌暴力，亦非粉飾太平。恰恰是因為明白天地悠悠，生命的善惡美醜參差交錯，小說家乃能超越簡單的現實主義局限，憑文字創造——而非模擬——世界，想像轉圜餘地，以敘事的「複數性」和「自發性」，應答——而非解決——「根本之惡」帶來的難題。

這就回到《青蛙》原初的寓意。賈平凹重回記憶現場，卻將他的視野擴展到自然生態，神話時空。在那裡夜闌人靜，青蛙發聲。哪怕是「自己叫自己」，卻是一種神奇的召喚，召喚一個安定自為的天地。這是詩的天地。賈平凹如是說：

> 《青蛙》的年代過去了五六十年，物質的環境大多變化，人性裡的醜陋依然如故。中國是這樣吧，世界也是這樣吧，社會永遠是人類和非人類的現實。正如此，我停下筆來，讀了幾天蘇東坡，再拿起筆了，《青蛙》裡就多了純真、善良和美好。

「雨過不知龍去處，一池草色萬蛙鳴。」這樣的願景何處可覓？《青蛙》

結局，學習班突然撤銷，文革倏然結束，彷彿一切沒有發生。然而人間傷痕累累，憑誰與問？我們只有等待，等待某一個春夜的蛙鳴。

王德威，美國哈佛大學東亞系暨比較文學系Edward C. Henderson講座教授。

青蛙

那時，縣革命委員會有了文件：把廢棄的尖角梁勞教所也做個學習班。於是，雜村人就停止了在勞教所大院裡要復耕種菜度饑荒的計畫。他們清除雜物，整修屋舍，更換鐵柵欄大門，還用白灰粉刷了那一圈高大的圍牆。這裡成為全縣三個文化大革命學習班之一，而且規模最大，那麼多的走資派，階級異己分子，死不悔改的地富反壞右，牛鬼蛇神，就陸續關進來學習、審查、改造了。

如同用泥巴、稻草塑佛像，佛像塑起來了，塑佛像的人便得趴下給佛像磕頭。雜村的地盤上辦起的學習班，雜村先送進去的是富農謝長燈，接著送進去的是壞分子宋駝子，後來，他爹，那個在方鎮小學教書的火書榮，也被送進去了。但是，雜村自有雜村的得益處，按照當初的協議，雜村可以派些生活極其困難的人，當然必須是貧農成分，政治可靠，去學習班幹活。比如，協助看守的三人，幫廚的兩人，打掃衛生的一人，燒開水的一人，跑小腳路的一人。他們除了在村裡記全額工分外，伙食由學習班全包。這樣，有效地緩解了雜村在年饉裡一部分人的飢餓問題，沒有再發生外出乞討的現象。村革委會武主任就講：看呀！這就是我們村的福祉啊，靠山吃山，靠水吃水，盼望學習班一直辦下去，文化大革命萬歲！

雜村和學習班的關係日益密切著：雜村有什麼政治活動，武主任會請學習班革命領導小組冉組長來指導。學習班急需勞力了，雜村及時提供。州河堤上的樹木村民是不能動的，卻允許學習班砍伐枝柯去做柴禾。學習班也便給村裡每戶人家贈送了《毛澤東選集》四卷，還給村上贈送了一套高音喇叭設備。喇叭就架在了村委會辦公屋前的楊樹上，武主任每天要通過喇叭安排生產，通知開會，然後播放革命歌曲。他開播前習慣用手拍拍麥克風，檢查有音沒有，其實有音，突然發出咚咚咚聲響，有時會把在巷道裡正走著的雞嚇得跌倒在地。

年饉裡村裡能飼養的只有雞了。豬已養不起，狗幾乎是沒有了，不是被自家殺的吃了，就是被別人偷去殺的吃了。而冉組長常會帶著學習班領導小組的一些成員，夜裡提一瓶燒酒到村委會辦公屋來，武主任讓人去弄吃的，總能以流浪的名義，抓一隻貓來殺了煮肉。辦公屋後的廁所裡，平日糞便風一吹就散了，那幾天糞便發黏，村人經過都覺得臭。有個把薛哈娃改成了薛紅星的人，站在那裡半天不走，說：哎呀，啥時讓我也能屙些臭屎麼！

一年後，饑荒越發嚴重。村裡先後死了三個老人，下葬那天，喪家已無力擺席面招待了，送葬的人群把亡者掩埋後都自覺地各回各家。到了元月，學習班宣布正式逮捕十二人用警車拉去了監獄。又新收了十四人。卻也通知武主任，火書榮的歷史問題得以落實，可以釋放，要求安生和他娘去學習班領人。

※　※

得到父親要回來的消息，安生正在村西南的澇池逮青蛙。

那天澇池裡青蛙特別多，水菖草中有了四隻，白蒲條下有了三隻，都通體翠綠，你一句牠一句哇哇著。池西沿的柳樹根上還臥了一隻大的，黃褐顏色，眼睛不是長在頭兩側的，在頭頂上，似乎一直望天。安生說：嗨，誰跟我走呀？小綠蛙撲哩撲咚跳進水裡了，那隻大的沒有動，嘴依然閉成一條線。逮住一隻放在竹筐裡，逮住一隻放在竹筐裡，逮住了八隻，再去逮，那八隻卻又跳出竹筐跑了。這是從來沒有過的事。要我呀，安生說，在水裡逮了兩隻，水濺了眼，用手背去蹭，就弄得一臉是泥。這時候有人在叫他，扭頭看見路口柿樹下是王嬸。柿樹上一顆蟲咬過的柿子提前發紅發軟，掉在地上，血呼啦一攤，王嬸用手掬起來吸溜。

／安生安生，你咋還在這兒玩?!／啊王嬸，你要不要青蛙？／我沒啥被偷的，老鼠來我家都流眼淚哩。你娘到處找你哩！／沒到飯時麼。／就知道個吃！是你爹的事——／甭說我爹！／你爹的事你不上心？你爹不是反革命啦，你也不上心？／你說啥？／你爹不是反革命啦！／我爹不是反革命啦?!／快回去，學習

班通知去領人哩！／

安生一乍手，兩隻青蛙掉在了水裡。他嘩哩嘩啦朝池沿撲，又返身把掉下去的青蛙逮住了，就拿在手裡，才一股風地往家跑。

※　※

好多人都這麼說我，說多了，我也覺得或許我就是青蛙托生的。

因村子在州河邊上，雖然旱地多，但河邊有幾十畝水田，有葦子灘，水田和葦子灘裡有青蛙，村裡的澇池裡更有青蛙。我說不清從什麼時候起喜歡上了青蛙，反正是能整晌整晌蹴在澇池邊聽青蛙叫。青蛙的嘴大，又好像總是驚訝，發出的聲都是單詞。我琢磨牠們之所以叫青蛙，青是牠們大多長著青綠皮膚，蛙則是以牠們的叫聲。牠們的名字是人們給牠們起的，牠們叫起來就是自己叫自己。我觀察過牠們的出生和成長，先是水草間出現了卵，每個卵都扁豆大，像雞蛋清，中間一個小黑點。卵與卵黏連著，那麼黏乎乎一大片，散著腥氣。人們去割草，總是用鐮刀撥開牠們，覺得噁心。可撥開的卵又聯在一起了，在某一個早上，太陽一照，卵裡的小黑點大起來，而且活動，然後就游出了蝌蚪。每個蝌蚪都有一個尾巴。再是蝌蚪跟著魚游。牠們肯定以為自己也會變成魚的，可游著游著，牠們的尾巴卻沒有了，變成了青蛙。青蛙沒有魚漂亮。但青蛙能在水裡生活，離開了水在地上也能生活。牠們吃孑孓，吃蛾子，也吃料蟲和蒼蠅。牠們的舌頭很長，舌尖上有黏液，看到草枝上稻葉上的蜻蜓，猛地彈出去又收回來，蜻蜓就在嘴裡吃了。

我感激青蛙。輟學回來，尤其父親被送進學習班後，我只要一去了澇池，會忘記了許多煩心的事。但不好的是：我的眼睛越來越有點突出。胳膊腿細細的，肚子大了。嘴也大，能塞進拳頭。而且強，娘說什麼我就反嘴，也是一個字一個聲。青蛙一叫脖子下鼓一個氣包，我沒有氣包，有了疝氣，一用力下邊××便大了，這我不給說，連浮水都不知道。

我驕傲的是發現了青蛙一個祕密，由此祕密再進而成為一個發明。就是青蛙愛叫，牠們在沒有什麼驚擾的時候叫，一有風吹草動便啞口。咦，在賊越來越多，而村裡狗越來越少的狀況下，牠們可以作警戒呀！我在院中的望春樹下挖個水坑，逮幾隻青蛙放進去，果然院子裡無事了。牠們喧嘩，有人進來借農具家具了，或來東張西望，要順手拿走個什麼東西，牠們立即沉默。狗守家護院是叫，青蛙守家護院是不叫，突然的不叫更讓人警覺。

開始效仿我的是浮水和五毛。再是王來銀家、馮開張家、米小見家。後來村裡差不多人家的院子裡都有了青蛙。武主任有一次在巷道裡堵住了我，問：是你第一個在院子裡放青蛙？我說：嗯。我只說他要訓斥我什麼了，武主任卻說了一句：人小鬼大。就是這一句話，從此，我更勤地去澇池逮了青蛙送人，樂此不疲。

※　※

武主任在半上午去的火家，通知了午飯後的兩點準時去學習班大門口領人。安生娘就點著頭，哼哼地笑，笑得傻了。但家裡沒有表，鐘表手表都沒有，擔心去遲了不好去早了也不好，她把握不住時間。武主任說，一點鐘他在喇叭上播放革命歌曲，聽到革命歌曲了你就動身。安生回來後，娘沒有做飯，安生也不覺得肚子餓，兩人激動地在家打掃衛生。爹是愛乾淨的人，把簷角的蜘蛛網挑了，撿淨臺階上的雞毛和望春樹落下的葉子，裝著一捆爛棉套子的簍子放到了柴棚。爹又是講究人，梳頭時要照鏡子，就把那面鏡子重新掛在牆上，哈了氣擦拭明亮。爹還喜歡著吸水煙，把那個白銅水煙鍋從櫃子裡取出來，灌上水，煙匣子也擺好。娘開始挽起了髻，讓安生一定得換上由爹的中山裝改做的小制服。換上了小制服立即就是一身汗水，但安生驕傲的是他仍然是教師的兒子，就走出院門。巷道裡沒有人經過，想著應該有喜鵲吧，沒有喜鵲，巷頭的楊樹上一隻啄木鳥在啄洞，傳來鐣鐣鐣的聲音。似乎有了一股奇香，那是從飛天家院門外的桂樹上飄過來的。村子裡，就這一棵桂樹，提前開花了。

※　　※

熱氣從尖角梁過來，像起了火，甚至哄哄有聲。汗不停地從臉上往下滾豆子，是油豆子。剛一抓住鐵柵欄門了，門上的鐵條就咬手，要咬下一塊皮來。娘說：你往樹下站，樹下不曬。門旁邊是有一棵空心柳，柳樹上的葉子可能也是在嫩時被捋去吃菜了，枝條僵硬，上邊還趴著三四個蟬殼。安生沒到樹底下去，也不解開小制服的扣子，就讓曬著，拿眼瞅著門裡的土場子。土場子很大，密密麻麻光的線就在上面生長，浮浮㛹㛹，土場子後邊的平房，兩層的樓房，連同房頂上的旗子，用紅油漆寫在牆上的標語，似乎都在融化。有兩個人如影子一樣走過來了，搖曳不定，由虛到實，漸漸到了大門跟前，才看清他們抬著一個竹筐。竹筐裡窩倦著的，正是父親。

那一刻，娘哭了。她的哭是口和鼻子一起吸吞著氣地哭，聲音不大，身子卻顫抖得篩了糠。甭哭！門衛嚴厲地訓斥，拿槍托哐地捅了下鐵柵欄門，鐵柵欄門中竟然還有個小鐵柵欄門。抬竹筐的人並沒有把竹筐抬出來，而是一掀筐沿，人一疙瘩地滾落在地上。父親穿的還是那件藍色的中山裝，已經骯髒不堪，衣領是爛的，口袋裡再沒見插著的鋼筆。啊，啊，頭髮被剃掉了，如果沒有耳朵，那就是一個葫蘆。左額上有傷，傷口一直到了顴骨，半個臉都腫了，一隻眼睛睜不開。而兩條腿軟軟地交叉在那裡，左褲管下往外流血，像鑽出的一條蚯蚓，右腿褲子上沾滿泥土，血從裡邊滲出來，成了泥巴，泥巴是朱砂色。誰是家屬？抬竹筐的在問，一隻蒼蠅從父親的身上飛到了他臉上。娘卻失語了，嘴唇翕動，半會兒說不出話，急得渾身抽搐。我是，她終於說。安生先撲進了鐵柵欄門裡抱住了他爹，爹的頭已不聽使喚，扶住左肩，頭倒到右邊，扶住了右肩，頭又倒到左邊，後來就耷拉在胸前。抬竹筐的拿一個硬紙夾子在面前揮了一下，蒼蠅再次落在爹的身上，硬紙夾子打開了，裡邊有一張紙和一支拴著繩子的筆，說：簽字，來簽個字，你就是把人領走了。我不識字，娘說，用眼睛看了安生。娘的意思是她的兒子初中畢業的，有文化，寫一手好字。但安生還沒反應過來，隨後抱著爹鋪蓋捲的劉有餘跑近來，說道：我也是雜村的，我當過出納，我代簽吧。劉有餘在簽字著，娘開始抱著爹的腰讓他立起來，立起來了，才一鬆手，他又倒下去，像一壘土坯被雨淋塌了，塌下去了一攤泥，而左腳尖還朝前著，右腳尖卻朝了後。娘再次哭起來。

／這，這……不是說已經不是反革命了嗎，通知來領人的，人咋還被打成這樣？／誰打他啦？他自己要自殺麼。／他要自殺？／早上要叫他去會議室，原本告訴釋放呀，他以為又審訊，從二層樓跳下去。／

爹始終沒說話，或許已經沒了說話的力氣，也不呻吟，一隻眼睛睜著，似乎在看什麼，似乎什麼都沒看。娘後悔沒有拉個架子車來，自己蹴下去，要劉有餘把爹放到她的背上，但爹的身架子太大了，她又那麼瘦小，根本站不起來。我來，劉有餘說，把鋪蓋給了娘。劉有餘背著人過小鐵柵欄門的時候，被卡住，安生把爹的兩條吊著的腿托著，出來是出來了，但爹的頭還是在門框上碰了一下。抬竹筐的說：你是誰？安生說：我是他兒子。碎慫，抬竹筐的人踢安生的屁股：去拽把草，把筐沿上的血擦一擦！安生唬著眼，沒有去拽草，直接用手擦筐沿，擦得一手的血，突然就把血抹在了抬竹筐的身上。抬竹筐的愣了一下，安生已出了鐵柵欄門，而門衛也就勢把門拉上，掛了鎖。抬竹筐的惱羞成怒，揮著硬紙夾子要來打安生，隔著門，就把那些鐵條打得哐啷哐啷響。

※　　※

安生轉身離開鐵柵欄門，故意走得慢，還把兩條胳膊架起來前後地甩。他不怕的，他感覺他的屁股上都長了眼，蔑視著抬竹筐的那副嘴臉。娘和背著爹的劉有餘已經拐上了公路，向左邊的村子小跑而去，他沒有再去追攆，而斜插了東原上的那條近道回村。來的時候，娘還說把爹領到了，他們要在村子的巷巷道道轉上一圈再回家，可爹竟成了這般模樣！安生非常的憤怒，抬腳在小道上踢那些土坷垃。土坷垃被曬成了糟糕，一踢就碎了，再踢騰一團土氣，還把眼睛眯了。他把小制服往下脫，因為用力過猛，一顆扣子就蹦了，落在道邊的草叢裡。草叢過去，兩邊高高低低的莊稼地裡，包穀苗半人高了，葉子枯捲如擰起的繩子，卻仍有人從州河裡擔了水澆自留地。吭哧吭哧擔來的兩桶水，澆在三五株包穀苗下，一下子就沒了，還嗞嗞地冒白煙。有的人在罵：天呀，你不下雨，就這麼殺人啊?!有的人不澆了，已經澆不活了的光稈子，乾脆拔了，一邊流眼淚一邊啃著咂甜味兒。遠遠的地堰上魚響河和五毛在掏田鼠洞，掏了好幾個裡邊並沒有糧食。

浮水在四處尋著剜野菜，剜到了一棵很大的鹵莧，興奮得吹響了泥雞哨。浮水遲早嘴裡都噙個泥雞哨，嘀溜嘀溜吹，而現在招惹了魚響河的責罵。浮水尷尬著，扭頭看到了安生，腳手搖擺著跑過來，但安生沒理會，又兀自往前走了。安生，安生，火安生你咋啦？他屁顛屁顛跟著。安生是從東頭的石條巷進的村，巷道裡鋪著的是從尖角梁鑿來的黑石條，經過腳踩鞋磨，黑石條出了油，起明發亮。此時太陽金輝充滿，青蛙也都在叫，浮水覺得那叫聲在巷道裡變成一波一波的光和火，安生就在光火裡。

安生到了家，爹已經睡在了臥屋的炕上，娘在送劉有餘，劉有餘順手從灶臺上拿了個半截蘿蔔，啃著走了。安生沒有去臥屋看爹，而拿了砍刀就爬上院中的望春樹，砍起朝東的那一股枝。他使勁地砍，發了瘋地砍，木屑在空中飛濺成了扇面。隨後進了院子的浮水，驚奇地看到了那砍下的枝股摔在地上，而別的枝股上的葉子往下滴水，如同一陣小雨。

※　※

望春樹原本是生長在深山的樹，但我爹說，在他出生的那天，我爺爺從南山移栽了一棵在院裡。這是雜村的風俗：孩子一出世就栽一棵樹，人和樹一塊兒長，八九十年了，人要死去，樹做棺木，樹和人又一塊兒走了。我家的這棵望春樹長得快，枝葉茂盛，應該說是村裡最高的樹，站在村外的公路上，甚至在許多巷道裡都能看見那像傘一樣的樹冠。就是這傘一樣的樹冠，村醫賀新才說，我爹才成為了教師，我也才考上了初中，而且在初中裡學業優秀。我爹自然便給我設計了人生道路：讀完初中讀高中，讀完高中讀大學，大學畢業了參加工作，離開農村。但文化大革命使我從初中就輟學了，小小成了農民。那是一肚子的怨憤啊！怨憤使我一身的毒氣，拿樹發洩：望春望春，春在哪裡，能望見嗎?!就爬上樹把一枝股砍了下來。我砍了枝股，沒想到樹頂上的葉子往下滴水，大白天的，太陽紅紅的，往下滴水，把地面都淋濕一大片才停止。這是什麼怪事呀，我驚駭不已，害怕著樹要死呀，可樹沒有死，反倒越長越高。後來，我一遇到憤怒和痛苦，我就砍樹的枝股，爹在方鎮小學被揪出來批鬥砍過，爹又被送進了學習班砍過，村裡給魚響河定五分工而只給我定三分工砍過，婦女委員董棉花當眾羞辱娘砍過。每次砍每次樹葉子都往下滴水，我就在砍過的地方刻寫下日子。

而這次滴水成雨，簌簌地往下落，浮水看得目瞪口呆。他叫道：樹流淚哩，安生，樹在流淚哩！我說：今天是幾號？浮水莫名其妙，扳起了指頭：幾號？十天前我過生日是六月初四，今天十四啦。我拿了砍刀，太陽就在砍刀上跳躍，我就在樹皮上用力地刻：一九六八年六月十四日。刻得深，樹有些搖晃，一滴水落在我頭上，又一滴水落在我臉上，刻出的字也往外流水。我認為這不是淚，是血，樹的血沒有顏色。

／安生安生，你在刻日子？／這日子，我得記住。樹得記住。你也得記住！／我也得記住？／你記住我和樹在記著這日子！／

※　※

如果翻閱縣誌，縣西這秦嶺南麓的三十里峽谷，州河經過，一條由陝東到豫西的公路就沿著州河北岸蜿蜒起伏，這裡從來地僻山荒，石多風硬，不是人宜居之地。而在解放前的二十一年，當一個逃難的，也就是魚響河的爺爺在一個半坡處搭了茅棚住下，陸陸續續更多的逃難人都在此落腳。姓魚的，姓錢的，姓馬的，張王李趙，劉鄭吳姚，啥姓的都有，一個村子就形成了。村子往西北三里是尖角梁，村南有州河繞出的葦子灘，東去三十里能到縣城，朝西十五里就是方鎮。魚響河的爺爺自然做的村長，村子卻沒名，方鎮上的人就作踐村人姓雜，叫做雜村。

雜村的茅棚逐漸都成了瓦房，但蓋瓦房時沒有總體規劃，誰想怎麼蓋就怎麼蓋，多是同姓的或有連帶關係的人家聚在一起，村裡就有了那麼多的半截巷。半截巷道不連通，人心也就渙散。時常進來了狼在這家抓豬叼雞，那家不知道，即使左邊巷道裡的人敲鑼吶喊，右邊巷道裡的人聽見，誠心要幫忙，一牆之隔，得大半天才能過來。一九四八年那次過境的散兵到村裡搶劫，就是堵住了一條巷道的巷頭巷尾，整條巷道的人誰也沒跑掉。也才有了老村長犧牲的故事：他領著十多個村人鑽進了毛順家院子，正翻院牆到另一條巷道，五個散兵便追過來。他大聲叫喊著快翻牆，自己看到窗臺上有一把鐮刀，拿起來揮舞。傷著了兩個散兵，其餘的不敢近身，突然鐮刀柄斷了，散兵撲上來刺刀亂捅。他是被捅了十二下，人才倒下去的。

老村長一死，浮水爹當的新村長，開始改造雜村。先後打通了十三條半截巷，雖然還沒有一條巷道是端南端北，直東直西，卻也沒有一條巷道不與別的巷道連接。村子的結構一變，人進來像進了迷宮，豬呀狗呀的也常常走丟。那一年風雨夜，一隻豹子進村後就尋不著了出路，亂竄中遇到一頭牛，牛和豹子打了一仗。最後是豹子張口來咬牛鼻子，牛一低頭頂住了豹子的下巴，雙方就撐持在那裡，勢均力敵，氣竭而亡。第二天早上村人發現的時候，牠們還在撐持著，如同個拱門的雕塑。

那頭牛就是武興邦家的牛，也就是牛的忠誠和勇敢，浮水爹讓武興邦當了副村長。浮水爹仍在繼續改造雜村，但社會主義教育運動中，遭到馬接續的不停止的檢舉、上告，說村巷改造是勞民傷財，村幹部在村巷改造中中飽私囊。浮水爹有意要和馬接續親近，碰著馬接續了，說：接續，接續，這幾天忙啥哩？馬接續當著眾人的面說：忙著告你哩！浮水爹一股氣憋在了心口，不久就去世了。浮水爹一去世，武興邦當了第三任村長，文化大革命發生了，村長變更為村革命委員會主任，武村長就成了武主任。

武主任除了貫徹落實文化大革命的一切方針政策外，他還考慮的是如何把村人渙散的心能籠絡一起，形成一種欣欣向榮的局面。舉措才在謀劃中，卻發生了一件事，差點使雒村陷入輿論中心，聲名狼藉。事情是這樣：村裡耕牛還比較多的時候，飼養室分了兩處，一處是老孫頭管著十二頭牛，一處是宋駝子管著八頭牛。宋駝子勤懇，從不偷盜拌牛草的黑豆，但光棍時間長了，夜裡常把牛犢子綁在牛圈柱子上做那事。這事被馬接續發覺和舉報後，村人群情激憤，險些沒把宋駝子打死。自此牛統一歸老孫頭經管，而把宋駝子定為壞分子。定壞分子要上報方鎮公社革命委員會，還要出公告。村裡報材料，得寫明定壞分子的原由，先寫了「強姦牲口」，覺得太傷風敗俗，後不寫原由，但不寫原由又不行，武主任想了個詞：破壞集體生產工具。大家都說：這好！誇武主任有智慧。

※　　※

武主任在播放了一通革命歌曲後，他召集村幹部在辦公屋開會。共產黨執政講究開會，省上縣上公社層層要開一直開到村上，但村上開會不遵守時間。先是貧協委員張聯社到了，後是三個生產小隊的隊長齊在家、曹頭柱、王上戶和婦女委員董棉花到了，宣傳委員兼記工員鄭風旗遲遲不閃面。董棉花說：我喊他去。董棉花一去，鄭風旗倒來了，牽著他家的狗。這是村裡惟一的狗了，為了防止被偷盜捕殺，他出門要帶上。但狗不能進會場，就拴在門口。

董棉花又是沒回來，張聯社說：牛吃麥苗讓羊去攆呀？屋梁上咕哩咕咚一陣響，三四隻老鼠在打架。曹頭柱說：主任，咱還有多少存糧？武主任說：只剩下裡間兩個甕裡不到三百斤包穀了。你咋問起這話？曹頭柱說：老鼠是勢利東西，現在各家各戶都少見了，這裡倒多！是不是惦記著這些包穀？齊在家說：怕是你惦記吧！曹頭柱說：你不惦記?!兩人一頂嘴，王上戶、張聯社、鄭風旗便來了興趣，有擔心老鼠真的會吃了包穀，有建議能不能就把包穀給村人分了，如果每家分不了一斤，那乾脆磨了麵粉蒸粑粑饃，村裡尋個活兒加夜班，給出工的人吃一頓補貼。武主任有些不高興，拿眼睛看張聯社，張聯社在吸旱煙，煙鍋嘴子水淋淋的，武主任就從張聯社嘴裡把煙鍋拔了，自己吸起來。放心，老鼠是咬不爛甕的，他在說，煙鍋子桌上鏼鏼地敲：誰也別有想法啊，那些糧食得預防有斷了頓的人家。縣革命委員會有指示，饑荒再大，每個村不能有外出討飯的，更不能餓死一個人！

董棉花在巷道裡和人說了一會兒話，返回來了。武主任宣布開會，會議的內容是要研究三宗事。三宗事未說前先通報了火書榮雖然為方鎮小學教師，人卻是雜村人，經過學習班審查，澄清了歷史問題，已於今天釋放了。對於火書榮被釋放，大家的反應是眼睛都睜得銅鈴大：啊！他不是反革命了?!接著面面相覷，再就默而不語。是王上戶詭詭地一笑，說：嘿嘿，少了個階級敵人，這好麼。齊在家、曹頭柱、張聯社、鄭風旗、董棉花也都說：這好麼。

別的話再不多說，武主任言歸正傳，他在講多少年了，方鎮公社所有的村寨評比，雜村總是排名在後，抓革命沒有抓好，促生產也沒促上去，我當這個主任，壓力大啊！這是什麼原因呢？我琢磨了，有這樣的原因有那樣的原因，但重要的一條原因是人的問題。咱們村起根發苗就輸了別的村寨，姓氏多，各是各的想法，互不親近，一盤散沙。雜村雜村，那是越叫人越雜，心越雜，事越雜！我有個抱負，在未來的三五年裡，繼續改造村子，進一步消除人與人的隔閡。繼續改造村子就是實現巷道井字化，而消除隔閡則首先從三宗事上做起。

武主任的三宗事是：一，給各家各戶的院門上噴印毛主席頭像。二，開展村民娛樂活動。三，改村名。

第一宗事是不用討論的，由鄭風旗到方鎮學習經驗，買紅油漆了，回來負責噴印。第二宗事要確定娛樂活動的項目，考慮到打籃球，籃球架太貴，而成立秧歌隊，村裡人都不是能歌善舞的，那就拔河。拔河簡單，弄一條粗繩索就行，參與度又大，可以在閒暇時生產隊與生產隊進行比賽。第三宗事大家興趣大，起了一堆名，卻都意見不一，直到武主任提出「團結」二字，大家說：噫，這名字好！一致贊同，鼓過掌，還在紀錄上按了指印。也就在按指印時，張聯社才發現，大家的中指都是簸箕紋，武主任卻是鬥紋，而且雙手十個指頭全是鬥紋，便驚奇不已，更對武主任的領導能力深信不疑。於是，由鄭風旗起草了一份村名變更的報告，呈送方鎮公社革命委員會批准。

報告是在第二天才要呈送的，武主任卻在晚飯時把消息在喇叭上廣播了。

※　　※

天麻麻黑，炊煙又未退，影影綽綽的，巷道裡有了許多人，都是脖子細，腦袋大，端著比腦袋還大的碗在吃晚飯。高音喇叭一響，人們都乍起耳朵，而嘴沒閑著，不是被稀糊糊占住，就是沒遮攔地議論。李回全最早從院門口的土坯壘子上起身了，手一拍屁股，一團塵土，他喊叫：爺呀，這不是把貓叫個咪嗎？現在是看怎麼能活著！岳發生飯吃完了，他不怕土腿，拿筷子敲碗沿：活呀！豬上世都有三斗糠哩，雞沒長雞巴自有出尿的地方！岳發生說話永遠陰陽怪氣，沒人肯接他的話。倒是張順道在說了：團結村？怎麼團結呀?!上邊給咱多撥些糧麼，全村就團結了！說完，自己都覺得這不可能，哼哼哼地笑起來。馬接續從水泉裡挑了一擔水，就從巷口往進走，一邊走一邊大聲咳嗽，像是吃了雞毛。

馮開張便迎上去。馮開張佩服馬接續，他消息靈通，而且會突然地關注了什麼，一旦關注那就咬透鐵鍁地不丟口。接續叔接續叔，馮開張殷勤地問候，你咳嗽著，莫非有話要說。馬接續停下了腳步，他看著馮開張端著一隻高底青花老碗，這種碗人都叫大碗公，海就是大嘛，村裡沒有誰見過海。但馮開張碗裡的飯清湯寡水，照見了空中已經有了的星星。

／政治！政治！／政治？政治？／越是講形勢一片大好的時候，正是形勢糟糕，知道不？／噢。／做了的不說，說了的不做，知道不？／你是說，團結是假的，階級鬥爭還在後頭？可今天火書榮都放了……／嘿嘿，嘿。／你笑啦？／放回來是不是該高興呀，卻咬牙切齒地在砍樹，那樹快砍得沒枝股了！／你是說安生？那碎慫，碎慫。／不，門扇上能有針尖大的窟窿，透進屋的就是笸籃大的風！／

斜對門的一家廚房窗子開著，借著傍晚的微光，王嬸在給安生裝麥麵。安生告訴說，他爹被背回來躺在炕上了，人才緩醒過來。一條腿骨折著，血把褲子糊成痂，脫不下來。那是他爹最好的一條褲子，嗶嘰呢的，不能拿剪刀鉸，便用水淋著泡，把痂泡軟了，一點一點往下拉。傷口有拳頭大的一個坑呀，兩邊翻了肉，能看到白花花的骨頭碴子。是賀新才來給敷上北瓜瓤子和簸箕蟲搗成的漿粑，再夾上木條用布纏了固定，他爹說的第一句話：給我擀碗麵條。家裡沒有麥麵呀，他娘才讓他來借的。王嬸說：唉，你爹可憐的。把一隻碗放在瓦盆裡，然後端出麥麵罐，用手抓著麵粉一點一點往碗裡撒，讓碗裡的麵粉自然而然地裝平，再形成個峰尖。安生耐心等待著峰尖出現，他知道借麵和還麵都這樣了公平。

外邊的響聲很大，安生把頭從窗子伸出去，他看到好多人一邊吃飯一邊在說著廣播裡的事，馬接續挑著桶也走過來，而右邊一家院門外的空地上，飛天在和幾個女孩踢毽子。飛天穿了件碎花衫子，腰身窄窄的，小辮子上紮著白手絹兒，甩起來像舞著兩隻蝴蝶。她正面踢，側面踢，轉圈兒踢，用腳內側倒到腳外側踢，還能一隻腳從身後把毽子接住了，再踢過頭頂，穩穩落在伸出來的另一隻腳的弓背上。身子裡好像安裝了彈簧，每個部位都長著眼睛。整個動作緩慢且有節奏，那似乎不是在踢毽子，而是在訴說著一個什麼故事。但就在這時候，安生和王嬸都聽到了馬接續的話。安生把頭擰著去看馬接續，王嬸不讓看，說：是馬接續。你得罪他了？安生撓著頭，說：沒有呀，我爹我娘沒得罪過他，我也沒得罪他。王嬸把窗子關了，說：以後不要讓他盯住了你，被他盯上了就像指頭被鱉咬住了，天不打雷不丟口的。

王嬸有意讓安生在廚房多待了一會兒，才送他出來。巷道裡吃飯的人差不多散了，沒見馬接續，也沒見踢毽子的飛天，如水一樣的月光下，那院門外空地上遺留了一隻毽子。毽子當然是用兩枚古銅錢用布包了，上面縫著一撮公雞毛，而公雞毛一半折斷了。安生知道那是丟棄的，卻不知是飛天扔的，還是另外的女孩不要了的。應該是飛天踢過的，安生遲疑了一會兒，還是彎腰把毽子撿了裝進口袋。端著麥麵碗往回走，怕來風，怕腳下打趔趄，又想不通的是馬接續與自己過不去，怎麼就要盯上他呢？呼哧呼哧出氣，氣把碗上的麵粉峰尖兒都吹沒了。原本要經過馬接續家的那個巷道，他不走那個巷道了，要繞到另一個巷道，牆角裡卻鑽出來了一隻貓。安生一下子便認出貓是馬接續家的。貓看著他眼睛裡發著綠光，他覺得他眼睛也發著綠光。貓好像要跳上牆頭離開，他不能讓貓離開，就捏了一撮麵粉撒在地上，貓過來吃，他再一腳把貓踢翻了。貓實在太饞了，被踢了三次，踢得四腳朝天了，安生心疼起了麵粉，罵了聲滾，才心情稍安地回家了。

※　※

在雜村，不，現在應該叫團結村了，老一輩人裡我爹是最有知識的，而我們這撥孩子，我又是最有知識的。說這話我有底氣，因為魚響河雖然上中學比我早兩年，但他不是學習的料，中途就退學了。浮水又比我小一級，文化大革命一輟學，我算是中學二年級，他是中學一年級，那基本上是掛了個中學的名，什麼都沒學下。物以類聚，人以群分，年齡差著三二歲，脾性再不同，一般是玩不到一塊的，所以魚響河高興了，還帶我們去偷雞摸狗，不高興了我們即便做他的尾巴，他還拳打腳踢的，讓我們避遠。我和浮水關係好，能說到一塊，經常交換著零食，比如我會給他幾片紅薯乾，他家柿樹多，柿子除了拌炒麵外，還做過柿餅，他給我過柿餅。但浮水和飛天是同學，甚至還坐過一學期的同桌，我和浮水剜野菜拾柴禾的時候，讓他把飛天也叫上，浮水從來不叫。

我在好奇著浮水的浮姓時，就想到了飛天的飛姓，世上怎麼會有浮姓和飛姓呢，他們是不是什麼少數民族？村人也這麼懷疑過。在一次出工，當著眾多人的面，那時浮水他爹還是村長，拉著飛天爹脫下鞋讓看腳趾頭，因為漢人的腳小拇趾甲是兩瓣的，外族人的是完整的，而他們都是兩瓣。浮姓和飛姓的問題不再疑惑，卻又糾結浮水怎麼就起了個浮水的名，飛天怎麼就起了個飛天的名呢？浮水說：我生下來我娘讓賀新才算命，賀新才說我命裡缺水，就起了個水字。我說：那飛天為什麼叫飛天呢？浮水不回答我。我想，我學過的課本裡，有過敦煌和敦煌壁畫裡有飛著給佛送花的人叫飛天，可飛天爹哪裡會知道這些呢？我當然不能去問飛天和飛天她爹，而有一天突然發現飛天和浮水，一個天一個水，一個飛一個浮，這非常的對仗啊！就氣惱自己的名字簡單，俗氣，沒有藝術性。春上的那個晚上，去村革委會辦公屋記工分，武主任說：安生安生，你這麼不安分的，名字倒叫了個安生。我不知道武主任是啥意思，他是要開始訓斥我嗎？一時尷尬，不知所措。一旁的飛天爹接了話：名字還不是胡亂起的？他前邊還有一個哥，生下來只活了三天，他爹娘估計是盼他能平平安安活下來。我家飛天一落草，我說，聽到什麼話就起什麼名，正好巷道裡毛順叔在罵他兒子：你張狂啥呀，披被子上天啊?!就叫了個飛天。飛天爹替我解了圍，武主任也沒再說什麼，而更令我高興的是我知道了飛天名字的來由。我把這來由告訴了浮水，浮水倒生氣了，說：你怎麼一會兒操心別人是不是漢族，一會兒又琢磨別人名字是怎麼起的？我告訴你，以後別把我和飛天拉扯！浮水的話讓我臉紅，我也驚奇了這一年來怎麼就留意和關心起飛天呢？

其實，我和飛天還沒有任何交往。每天在巷道裡或村外的路上碰見，要麼各自匆匆而過，看都不看，要麼睜著眼睛看見了，想說什麼又都沒說什麼，就又過去了。我是把那個折了雞毛的毽子放在枕頭邊，夜裡常下定決心要再碰上飛天時給她說：我爹回來啦！我爹什麼問題都沒有啦！學校一復課，我爹就又是人民教師啦！但白天見到她了，我的表現出乎我的意料：或突然地跳起來，就跳上了碌碡，嚇她一跳，她就走了。或突然語塞，路也不會走了，雙手沒處放，心裡提醒：深呼吸，深呼吸。低頭呼吸了幾下，抬眼一看，卻沒見了她。

借來的麥麵，並沒有擀麵條，而是做了稀糊糊。爹腿不能動，手卻拍著炕沿板使性子。不敢的，不敢的，娘在勸說，吹碗上的熱氣，一勺一勺給喂：讓腸胃軟和幾天了，就給你擀麵，烙餅子。她低聲下氣，好像自己做錯了事，又好像在哄不懂事的孩子，還用手捏了一下爹的鼻子，把鼻涕抹在自己的鞋底上。安生一直站在炕邊，沒有坐，也不說話，就看著他爹。他覺得看著爹喝完麵糊糊，就是在陪著爹。但爹再無力氣拍打炕沿板，嘴動著出不了聲，而口型分明還在罵著他娘。屋梁上一根電線吊下來的燈泡，沒有燈罩，幾隻蛾子在繞著飛。偶爾有一隻就撞上了，掉到地上，而同時燈泡在晃動，屋裡的一切都變形了，忽大忽小的影子在四面牆和屋頂上如來了妖魔鬼怪。安生沒有扇趕那些蛾子，也不再看土炕旁邊的立櫃和立櫃上的箱子，牆上架板裡那些娘裝布絡鞋樣的包袱，匣盒，放了針頭線腦的笸籃子。他眼皮子一低，從臥屋裡出來了。

※　　※

三間房裡，以村人慣有的規制，都是東西兩頭紮了隔牆，分別盤炕和壘灶，中間的作為庭堂。安生家的臥屋有隔牆還安了小門掛了門簾，而廚屋並沒隔牆。安生從臥屋出來，外邊一片黑。娘總是要省電，臥屋裡開了燈，庭堂和廚屋就不開燈。他偏拉了一下開關繩，庭屋梁上吊下來的也是沒有燈罩的燈泡，頓時像太陽一樣光亮。庭堂靠北面牆擺著的板櫃上，原先放著祖先的牌位，兩個瓷瓶，瓶裡插著雞毛撣子，現在是一尊白瓷毛主席坐像，還有一摞毛主席的四卷選集。板櫃前一張方桌，左右兩把椅子。安生坐在了椅子上，椅子就發出咯吱吱的響聲，他卻扭頭看起廚屋裡的地窖口。鍋灶和案台占去了那間屋大部分面積，再就是菜缸，水甕和柳條編制的囤囤，囤囤後就是地窖，口上蓋了一塊木板，木板上還扣著一個大篩子。安生長長地出了氣，走過去，揭開了篩子和蓋板，地面上一個黑窟窿，他進了下去。

村裡家家都有地窖，就是挖一個直洞下去，兩人多深了，拐著再掏出一個大的洞窟，冬暖夏涼著，儲存芋頭和紅薯。安生家的地窖在去年儲存的紅薯有好多生了疤，這是窖裡有了病菌，年初重新鏟了一遍窖壁，又多掏了一個洞窟，不但放進了芋頭、紅薯，也放進了南瓜、蘿蔔、白菜，更重要的放進了十幾個瓦盆瓦罐，裡面或多或少都裝了小麥、稻子、穀米、黃豆、鹽和油。這是一個家的祕密之地，外人可以進臥屋，但地窖是不能進的，尤其年饉裡。

安生就在黑咕隆咚的地窖裡拾掇著。

※　※

／娘，我墊了席子，你把鋪蓋撂下來。／鋪蓋？／對，我的鋪蓋！還有那個小枕頭。／你要睡到地窖裡嗎?!／地窖裡好！／那怎麼會好呢，不透風，又沒電燈，那怎麼會好呢？／你撂下來，把鋪蓋給我撂下來。／

※　※

五年前的那個夜晚，安生看到了不該看到的事，聽到了不該聽到的話，從此他對爹的感覺蒙上了陰影，再也難以消滅。

爹都是每個星期六下午回家來，第二天下午再返校。小時候的安生在週六的黃昏，就要坐在院門外的石頭上等著爹回來，那是把石頭由冷坐到熱，由硬坐到軟。爹一出現，就撲上去掏口袋，掏出來的或是半塊黏著芝麻的燒餅，或是一個包子。包子是豆腐和粉條的餡，透著香氣，包子皮上的皺褶像菊花一樣好看。一有好吃食，娘就拉他進院，還要把院門關上，免得讓別人看見。爹說：就讓看見哩，羡慕嫉妒去！娘說村人都飢餓，羡慕嫉妒著就變成恨了。爹不耐煩了，說聲：嗤！爹在家裡是掌櫃的，說一不二，娘習慣了逆來順受，就不言語了。安生吃起來小心翼翼，總是掐那麼一丁點放在口裡，細細咬嚼，而且咂巴著響。不敢吃不敢吃中把包子吃完了，他會舔舔手，再喝一口水，咕咕嘟嘟地涮嘴，盡量把牙縫的碎屑都涮出來，貓看著，雞也看著，他卻咕啷一聲咽下肚去。他一直覺得爹是最體面的人，村人都粗布對襟襖，爹是藍哢嘰中山裝，上衣口袋插著鋼筆。村人多是草鞋，爹卻有一雙皮鞋，皮鞋後跟釘了鐵片兒，在巷頭一踏響，巷尾聽得見。尤其冬天裡新置了一件羊羔毛裡子的大衣，出門了就披著，他就要跟在後邊，老遠看到浮水了大聲叫喊浮水，為的要顯擺，寧願聽浮水罵他是狐假虎威。

但是，在那一個週六的夜晚，一家人早早睡了，他和娘睡在炕的這一頭，爹睡在炕的另一頭。半夜裡，他突然被驚醒，發現爹用腳在踹娘，娘好像不情願，爹還在踹，娘就爬了過去，然後他們在炕的那一頭弄出些聲響來。這聲響很奇怪，像無數的蟲子鑽進了耳朵、心裡，散布全身，同時聞到一種石灰味。瞬間裡他有了說不出的癢，人就十分暈乎。這是他從來沒有經歷過的事，但他在村裡聽多了那麼多罵人的話，似乎意識到了他們在做什麼，便突然地反感，厭惡，不願再聽到這種聲響，更不想睜開眼來看，身子緊縮著，一動不動。也就從這個夜晚後，他不再盼望爹回來，每到週六就害怕天黑了睡覺。夏天裡企圖能到打麥場上和魚響河、五毛他們一樣鋪了席睡。冬天裡又企圖和浮水去飼養室找老孫頭，飼養室有大炕，又總是燒得燙熱。爹卻在說：野什麼呀，快上炕睡覺！他在炕上用棉花塞了耳朵，緊閉眼睛，希望很快去睡，可總是睡不著，想逃離週六的夜，想逃離家裡惟一的這個土炕，想逃離他的爹。當到縣城去讀初中，可以有自己的鋪蓋在學校裡能單獨睡了，浮水哭哭啼啼離不開家，他竟那麼快活！他只說自此上了初中上高中，上了高中上大學，再也不會和父母擠那面土炕了，文化大革命卻使他又回到了村裡。那時候他就謀劃著要單獨睡到地窖去，而爹被送進了學習班，謀劃沒有實施。現在，安生覺得他已經很大很大了，爹傷著腿又不能被碰著，那就有了充分的理由不再睡在炕上，便毅然決然去了地窖。

※　　※

地窖是我最該待的地方。晚上睡在那裡，而白天裡除了去生產隊出工，或者剜野菜拾柴禾，或者在地堰上，誰家的麥草垛底，尋找簸箕蟲，我一回家也都直接進了地窖。夏天的地窖裡是涼的，沒有蚊子，蒼蠅也不得進來，無論我在外有多少潑煩和受了多大氣，一在裡面坐著和躺著了，心一下踏實，心一踏實汗就消退。地窖裡一切都是黑的，在黑裡待上一會兒就什麼又都能看見，甚至我發現了並不是眼睛才能看見什麼，而即使閉上了眼睛，仍看到那麼多的人和物。我是願意遲睡就遲睡，不再聽娘的嘮叨。可以偷偷吃東西，比如炒麵，比如蘿蔔，比如紅薯和紅薯乾。能靜靜地聽青蛙叫，聽青蛙是那樣的驕傲，自己只歡呼自己的名字。更重要的，願意恨誰就恨誰，願意想誰就想誰，我是把那個雞毛毽子在空中拋起來，黑暗裡準確無誤地用雙手接住，誰也看不到，我也不臉紅。浮水知道了我睡地窖，嘲笑我是芋頭、紅薯，是蚯蚓和土撥鼠。你想過墳墓嗎？他說，是不是被埋了還活著的人？這是浮水說得最幽默的話，但他是體會不來在地窖裡的好處。我為我在地窖裡安鋪的決定而得意，甚至我有了那麼點不孝，為我爹的斷腿回來曾經有過暗自慶倖。

※　※

回來後的爹性情完全變了，除了還是懟娘，不肯說話。他右腿骨折是他從學習班那個二層樓的窗子跳下去摔的，可他脖子上，後背上，兩條胳膊上有著許多傷疤，問這些傷疤又是怎麼致成的，學習班裡還發生了什麼，他都是絕口不提。整晌整晌，要麼閉著眼，要麼睜眼了看著臥屋的頂梁。但是在偶爾間，他會突然地張嘴發出長長的一聲：啊——！那不是呻吟，也不像要打哈欠，感覺著他有無盡的痛楚、疲乏、委屈和怨恨，隨著這一聲啊，從身上的每一個部位，每一個器官，骨頭的縫縫隙隙裡全帶了出來。

爹每每發出這種森聲，娘就又哭。她在做飯時坐在灶火口拉著風箱哭。拿棒槌在捶布石上把漿洗過的衣服捶打著哭。或者逮住了家裡那隻母雞，在雞的撲啦中探試著有沒有蛋要下的時候哭。她用別的聲響遮掩她的哭，她的哭又是鼻子和口同時吞吸，手便拉不動了風箱，拿不住了棒槌，指頭顫抖得捅不到雞的屁眼去。安生不愛聽爹有這種啊聲，心裡如同塞了一把茅草，而娘再一哭，那茅草就點著了火，哄地一下燃起來。他正揭了櫃蓋取紅薯片子，不吃了，咵地把櫃蓋合起來，接著踢凳子，又在院子裡掀倒背簍，背簍倒下去再砸翻了一個木盆。娘見他使性子，拿了掃帚打，一掃帚打在他肩上了，他竟然不動，娘再打，他還是不動，娘再是哭，哭得呼天搶地。李回全的老婆掮了一張耱，正好經過院門口，進來說：安生安生咋這強的！你娘打你，你就跑呀，你不跑讓你娘氣死啊?!她推著安生往院門外去，娘又要攆著打，但掃帚一下一下都打在安生腳後的地上，起了塵土。安生就在塵土裡往前跑，他聽見娘在給李回全老婆訴苦。／啊嫂子，讓你看笑話了。／哪裡呀，安生真不省心。／唉，遭孽啦，遭孽啦，老的少的只會拿我出氣麼。你拿了糖，糖地呀？／糖過了。我問你個話，我也是在家裡給老的少的當奴哩，外邊的事一概不知道，昨日才聽說他叔回來啦？／啊回來啦。／那……人好著吧？／啊還好，嫂子。／那就好，那就好。／

※　※

巷道裡不時有人經過。吃啦？吃啦？無論是扛著钁頭的，背了竹簍的，或什麼也沒拿，背著手，嘴裡叼著個旱煙鍋子的，都忙忙迫迫，迎面碰上了，相互問候，問候就吃啦沒。而偶爾有人在打招呼：吃啦？被打招呼的偏來一句：沒吃。打招呼的就尷尬了，半會兒才緩過來：怎麼這時候了還沒吃呢？卻絕不會說：那我拿東西給你吃。於是，雙方一笑，走過去了，再不思量。

安生從家裡出來，沒人向他打招呼的，他是看到別人了本想問候，但看到對方並沒有想要理他的樣子，嗤，他也就不問候了。

在別人的眼裡，與其說他是個孩子，不如說是一隻走過來雙爪往後刨土覓食的雞，是一塊石頭，是風吹動的一片落葉。安生無所謂，這些對於他都不重要，他想著的是不是去澇池裡再逮青蛙，也想著的是爬哪棵柳樹，折些柳條編頂防曬的草帽。但這些他又全否決了：晌午裡的青蛙正是在水草裡產卵，去逮了一些青蛙勢必使更多的青蛙死亡；編什麼防曬的柳條帽呢，太陽要曬黑你，你能白得了嗎？安生在巷道裡彷徨不定。一股子小風掃來，十字巷道口就有了樹葉旋轉。風去哪個巷道，他說，我就去哪個巷道。順著左邊的巷道進去了，他看到劉有餘家的那棵柿樹，高出了院牆那麼多，上面結著的柿子還綠，小得像杏，估約再有半個月就可以摘下來塞在澇池淤泥裡去暖了，生柿子暖甜了好吃。張聯社家的院門開著，能看到院子裡種著的幾棵蓖麻已經結籽了，啊蓖麻籽是好東西，剝三顆四顆了搗碎炒熟熗在飯裡，飯裡就可以見到油珠珠了。一隻鳥，是什麼鳥呢，站在米小見家的煙囪上。那麼漂亮的羽毛會被煙熏的，烏鴉是不是就因為在煙囪上站得久了？打一個口哨去，牠不理會，撿顆石子扔過去了，烏吱地飛到天上，天上的雲像犁開的一道道犁溝。那多像種過蔓菁的地呀，犁溝裡似乎還有一顆挖遺了的蔓菁。他想起了他和浮水那一次在生產隊偷拔蔓菁，蔓菁上的泥沒有拭淨，吃的時候沙子磕著了他的牙。安生就笑笑地，走出了這條巷道，竟到了橫巷。

橫巷其實算不得巷，一邊是人家的房屋，一邊卻是個鹼塄。鹼塄沿有著一棵松，斜著往前長，人都叫龍松。龍松下原來是一間屋的小廟，裡邊坐著一個泥塑的土地神，曾經是村裡誰和誰有了糾紛，武村長都處理不了，雙方就跪在那裡起誓發咒。文化大革命一開始，村裡首先是拆廟砸神，再也沒留下一磚一瓦。現在，一夥男人光著膀子在龍松下乘涼，安生便站在鹼塄上往下看，那些人全矮了一截子，瘦骨嶙峋，差不多還謝了頂。

張順道一直在走來走去，嚷嚷這身子咋像篩子，汗就出個不停。曹頭柱就說：你就坐不下來嘛，走得人心慌不慌呀！嫌熱了在乳頭上抹上唾沫就涼下了。好多人便真的指頭蘸著唾沫抹上，說涼是涼了，卻哄笑起邢互助你不給孩子餵奶，乳頭大得像個桑葚，還那麼黑。許歡喜便叫喊：我熱得剝皮啊，我剝皮啊！安生想到年初一隻狗跑進村，立即被人認定為遊狗而圍獵了，狗就是被吊在龍松上剝皮殺肉的。安生在心裡說：你那麼瘦，剝了就是骨頭架子！而薛紅星從另一個巷道出來，賣了賣眼，也去了龍松下。

薛紅星穿著褂子，腰裡繫了根草繩，戴了個竹編帽。帽子太爛了，全是窟窿，太陽照著臉就是一臉白癜風。李回全叫起來：瞎臉，瞎臉！薛紅星瞪了一下，沒理識。薛紅星在兩歲上叫狼叼過，因為巷道與巷道不連通，他娘大聲呼叫而別巷道的人一時趕不過來，狼把他就叼到了村口。虧得那時老孫頭從方鎮擔了兩捆棉花回來，情急之下甩著擔子轉圈，倒嚇得狼放下他跑了。他腮幫上從此留下狼咬過的疤，人們一直叫瞎臉。而文化大革命中，他改名薛紅星了，誰再叫瞎臉就不理誰。噢，紅星，是紅星了，李回全想起來了，說：那麼爛個帽子你還扣在頭上？薛紅星好像不高興，嘴裡說著我愛戴麼，腳步不停，又要走過去。你愛戴？李回全說，那給你個反革命分子帽子?!所有人在笑了，因為都吸旱煙，牙齒焦黑，笑起來嘴便成黑窟窿。許歡喜扯著了他的胳膊：懷裡揣了啥？一拉草繩結，掉下來一個北瓜。／狗日的又偷誰家瓜啦？／我家的！／你咋證明是你家的？／我家的瓜拳頭大的時候我在上面刻了個五角星，你瞧瞧有沒有?!／是你家的你把牠藏在懷裡？／褲襠裡還藏雞巴哩！／擰你這×嘴！這瓜不大麼，你就摘了？／別人需要瓜瓤子麼，知道不？／噢，噢，知道了，不僅僅是送瓜瓤子吧？／薛紅星並不害羞，只是滿嘴的舌頭，含糊不清，從龍松下又去了另一條巷道。

張順道在問：他給誰送瓜瓤子？許歡喜說：安生他爹唄。張順道說：腿還真是斷了？許歡喜說：斷了。張順道說：啊哈，那不是穿不成皮鞋了嗎?!張順道怪笑著，抬頭看龍松。安生就站在龍松上邊的鹼塄上，他怒目而視，要讓張順道看到他。但樹股子擋住了安生，張順道沒有看見，他朝空中呸了一下唾沫，唾沫星子又落在臉上。邢互助和岳發生卻聲高了起來：／哎哎，我問你，安生他爹出來了，是你在十字路口敲的鑼？／不是鑼，是臉盆。／送他進去時你也是敲了的？／敲了的。／你不覺得你這做得對嗎？／我只跟著革命，革命是對的。／邢互助手捂著鼻子擤了一下鼻涕，甩了甩，還要擦手，就笑著拍了拍岳發生的後背，手也就勢擦了，說：好，好，武主任應該考慮你去學習班幹活了！而這時五毛在尖錐錐地叫安生。

※　※

另一條巷道裡，帶著狗的鄭風旗給五毛家的院門上噴印毛主席像。他是把刻好圖案的硬紙板釘在門扇上了，用噴壺噴紅油漆，噴勻了，取下硬紙板，門扇上就有了毛主席頭像。原本挨家挨戶地噴印的，鄭風旗避開了地富反壞右，而且先挑選著與自己關係好的人家。五毛家的院門上早年一直貼著門神，一邊是秦瓊拿著長槍金鐧，一邊是敬德拿著大刀鋼鞭，後來被撕了，因用糨糊貼得嚴實，就撕不乾淨。兩人好不容易弄清潔了一扇門，鄭風旗在噴印，五毛繼續摳另一扇門上的紙屑，側頭就看到了安生，喊了一聲。

安生和五毛曾經也是好朋友，但後來鬧了矛盾，就不在一塊兒玩了。安生三番五次地給浮水抱怨過五毛的不是，浮水說：你是不是還放不下他？安生確實是放不下。有幾次，他們在路上碰著，他看一眼五毛，五毛也在看他，雙方好像要說什麼了，但又什麼都沒說，就走過去了。安生不知道五毛是怎麼想的，反正他心裡難受。而五毛這時首先喊了他，安生有些意外，但很快就深受感動，忘記了剛才的不快樂，向巷道裡走去，臉上帶著笑容。

啊，毛主席像！安生說，給你家噴印哩！五毛說：給我家噴印哩！安生明白這是五毛在向他顯擺的，他有心要讓這種顯擺起效果，嘴裡嘖嘖響，說：村裡沒有噴印幾家吧？五毛說：這是第五家，前面都是村幹部。狗過來嗅安生，五毛把韁繩拉住了，拴在門口的樹上。安生用手輕輕去摸噴印出來的毛主席像，紅油漆還未幹。髒手！鄭風旗突然一聲喊，安生把手縮回去了，說：幾時給我家噴印啊？鄭風旗乜了他一眼，那眼睛一半成了白的：給你家噴印啥？安生說：毛主席像呀！鄭風旗在擦手上的油漆，並不看安生：你家沒資格吧？這話使安生一下子火了，吼道：我爹回來啦！我爹不是反革命啦！吼聲太大，鄭風旗身子一跳，後背就靠在了門扇上，還未幹的毛主席像就模糊了一團，他也是急了，拿噴壺就給安生身上噴了一股子紅油漆。兩個人打起來。鄭風旗是大人，但他太瘦，沒力氣，而且動作遲緩，他踢了安生一腳，安生跳起來朝他左臉打了一拳，他還沒來得及踢第二腳，安生又跳起來拳頭打著他的右臉。鄭風旗把刻著毛主席像的硬紙板舉了擋在面前，一腳踢倒了安生。安生爬起來還要打，五毛說：不敢打，不敢打，你打毛主席啊?!安生一遲疑，鄭風旗過來把安生又踢倒了，而且狗拽了韁繩撲著咬，咬住了腳脖子。腳脖子被咬出了一點血，安生人還在地上，抓起油漆筒子砸狗，筒子就套在了狗頭上。

五毛沒有浮水好，是五毛把安生叫過來的，卻看著鄭風旗欺負安生而不幫忙反倒偏袒鄭風旗，這使安生心一下子涼了。一個人若心裡沒了誰，那這個人就如同死了一樣，再不糾結。安生被狗咬出了血，五毛說：我給你燒些頭髮灰，止血哩。安生說：不用！頭不回地走了。狗頭上套著了油漆筒子，迷失了方向，在那裡亂轉。五毛還在說：那你用尿抹抹傷口，小心狗咬了生出病來。

※　※

狗咬過的傷口再沒有流血，我仍然活蹦亂跳的，沒有發燒生病，但我娘總覺得我哪兒都不對了。常常是我一身泥逮了青蛙回來，或者站在院子裡對著望春樹突然就齜牙咧嘴，她以一種疑惑的眼神看我，看那麼一會兒，低下眉去，一臉的憂愁和無奈。娘呀，我說，你有什麼話要說嗎？我娘伸手摸摸我額頭，說：你都好著？我說：好著。我娘說：你可一定要好好的。我問過浮水：我有什麼問題嗎？浮水說：如果是要給你整黑材料，我整出十條！他把他的泥雞哨讓我掏孔，孔裡堵了什麼東西一時吹不響，然後卻從我口兜裡掏了一片紅薯片在嘴裡嚼，說這是報酬，否則他是不會說的，說出來我改正了錯誤，村人評價我會超過他的。

他列舉——

一，你屁股上長了棘，坐不下來。除了吃飯和睡覺，你能在家待多長時間？大熱天的，頭上不戴草帽，腳上還是一雙塑膠涼鞋，走過來咕嚯咕嚯響，聽著人都心慌。整天在巷道裡鑽來竄去，你是領導巡查工作呀，還是在丈量面積？你拿手在胳膊上撓撓，是不是撓出白印子，又是去州河裡了，去澇池了，州河裡每年淹死三個人，今年死了兩個，還有一個指標哩！中午太陽端的時候澇池裡也會有鬼，知道不？

二，你以為你有能力打別人嗎，你以為你有能力挨別人打嗎？沒有！沒有了咱就乖乖的，人多的地方咱能不去就不去，能不說話就不說話。瞧你，手裡提塊磚要去打鄭風旗家的狗，狗沒打著，鄭風旗把你給武主任反映了。你和誰都頂嘴，贏過嗎？馬接續扇你個耳光，你還要硬著個頭去撞人家，你就是把鼻血抹個大花臉，還往前撲，你近身了嗎？

三，我看到你把一條死蛇扔到董棉花家的院子裡了，看到你用石頭砸薛紅星家的尿窖子，使屎尿亂濺。曹頭柱家新搪了院牆，光光堂堂的，你是咋想的，泥沒乾就拿腳踹個印子？你是不是在路上撒著尿寫了「許歡喜，x你娘」？王上戶用架子車給學習班到方鎮拉刷牆的石灰，車子拉到村口，王上戶去上廁所，車輪的氣門嘴被人拔了，導致王上戶出來再拉車時車翻了，石灰全倒在路溝裡。氣門嘴是你拔的吧？

我立即捂住了浮水的嘴，我不聽了，不能讓他再說下去。／我說的是不是真的？我哪點冤枉了你?!你是病了，你聽不得我再說下去，這就是病啦！／什麼病？／狂犬病！／你是說我被狗咬了，我現在也是狗了?!／

我一下子蔫了。我看著浮水，他撇撇嘴，伸出手來摸我的頭，好像要安慰一下可憐的我。那一時間，我也懷疑我得了狂犬病。以前，村裡有人得過狂犬病，那先是脾氣狂躁，見人咬人，口發狗聲，後來就發高燒，睡倒不起，賀新才給治了半年才好。我害怕起來，但我不願意讓人知道，便警告浮水不得洩露丁點消息。浮水點了頭，卻說他聽說過賀新才治狂犬病的藥方：把蛆用瓦在火上焙乾，磨成粉了以水沖服。

我和浮水就在尿窖裡撈蛆，如法炮製。我沖服了三次，腥臭味使我噁心嘔吐，吐了沖下去的粉，也吐了中午吃過的飯，那飯是一頓包穀糝裡煮了麵條啊！我突然想，我沒有發燒呀，沒有見人就咬而且汪汪地叫，我哪裡就得了狂犬病？浮水！我大聲質問他：我吃的飯比你好，你嫉妒了故意要我吐出來?!浮水被我唬得瞠目結舌，我就把焙乾的粉末隨風揚了，我告訴他：我是變了，但我沒有病。以前我爹是反革命，我是反革命兒子，我只能乖乖的，不許亂說亂動，現在我爹不是反革命了，我還乖什麼？我知道啥是瞎啥是好，誰要給我個褲，我把褲子脫了給他，可誰還要欺負我，他是麥芒，我就是針尖！／你覺得我一直對你好嗎？／嗯。／我們還能再做朋友嗎？／嗯。／那不能再說我。／嗯。／得聽我的！／這咋像魚響河了？／我和他不一樣！／嗯。／浮水到底還是浮水，他再沒有慷慨激昂地數說我的不是，他又恢復了順從。我覺得我也是欺負他了，就把他抱住，再次與他親熱，說你家和我家是世交，你也是我的知己。浮水也軟和起來，說：

我是你肚裡蛔蟲。我笑了，問：你娘在家嗎？浮水說：不在，上工去了。我說：那好，你先回去等我。分手後我回家偷偷拿了兩顆雞蛋，去了他家，就在他家灶膛裡起火，用鐵勺一人炒了一顆。

※　※

還是土改定成分的時候，雜村沒有地主，富農也就謝長燈一戶，這在方鎮是屬於階級鬥爭最不複雜的村子。也正是不複雜，每有運動，就得把謝長燈拉出來說事，豬屙的狗屙的都是他屙的。所以，學習班一辦起，謝長燈被送了進去。後來出了個宋駝子，那是真該送進去。可安生爹也被送進去，這對於村人來說，簡直是五雷轟頂。他們在震驚之後，感覺受到了嘲弄，蒙上了一種恥辱。接著就憤怒，如革命陣營裡出了叛徒，以對敵人十二分的仇恨要將其置於死地而後快。在得知他被送去學習班的那天，他們在路口拉起了「打倒火書榮」的橫幅，火書榮三字是顛倒著寫的，還用紅墨水打了叉。此後的日子裡，安生家院牆上的瓦時不時被棍子戳下幾頁，院子裡有了扔進來的磚頭、石塊、臭了的菜根和爛草鞋，甚至院門上還抹了屎。該發洩的都發洩了，安生爹最後又成了笑話，常常一群人在巷道裡學著他講話時的公雞嗓子，模仿他披著羊羔毛大衣走路的八字步。

八個月裡，安生爹在學習班裡沒有消息，安生娘人變了模樣，原本長得醜醜的她，臉開始枯皺，頭髮花白，個頭好像都矮了。她說話再不聲高，走路順著牆根，更要緊的她還得看管住安生。她給安生說：安生，咱不出工了，靜靜地就在家裡。可安生在家裡待不住，她待著也是急逼，盼望能來個什麼人了，說說話。她把院門打開，自己坐在上房門檻上做針線，耳朵聽著青蛙叫。青蛙一會兒嘎哇一聲，一會兒嘎哇一聲，院門口落上了一隻麻雀，就是沒有人來。

／娘，我怎麼就有個反革命爹?!／你爹冤枉。／革命會有冤枉？／哪個墳裡都有屈死鬼。／

娘告訴安生，他爹在學校被揪鬥後，允許回家來取換洗衣服時，給她說到了冤枉。那是造反派翻閱國民黨救國會駐縣聯絡站的舊檔案，在一份聯絡站的花名冊上，有著他爹的名字。造反派認定聯絡站是反革命特務組織，他爹自然而然就是反革命分子了。事實是，一九四七年他的爺爺托在州城當稅官的老表給他爹找個事幹，那老表介紹了他爹去聯絡站。但是，他爹的名字是入了聯絡站的花名冊，人卻在那一年患了瘧疾，並沒有去聯絡站上班。第二年瘧疾好後，還是沒去聯絡站而找了個學校教書了。

安生信著娘的話，見人都要說他爹根本沒去聯絡站的事。當然，他這麼說著有聽的也有不聽的，誰能聽他說，他就和誰好，浮水便進一步鞏固了友誼，而魚響河不肯聽，他和魚響河打了一架，魚響河他當然打不過，但他還是採了魚響河一綹頭髮。

終於，村裡有人到他家來了。浮水娘來過，老孫頭來過，齊在家和王來銀也來過。他們來了給娘說幾句好話，他聽著都覺得那是順嘴說的話，娘卻相信，走時要給他們拿上一顆蛋，或幾把豆角，一個茄子，從不空手。也有人是來借東西的，比如打土坷垃的榔頭，過生日要掛的鐵絲燈籠，牙子钁，紡線車子，娘也是激動得滿臉通紅，給人家取凳子坐，燒開水，還拿了旱煙匣子讓吸煙。村西頭毛順老漢拄了拐杖經過他家院門口，走累了，說：我在你家門檻上坐坐。娘說：

坐，坐。用嘴吹門檻上的土。毛順老漢看著院裡葫蘆架上結了幾個葫蘆，說了句葫蘆嫩著能吃哩。娘竟然就把那個大點的葫蘆摘下來給了。安生埋怨娘：為什麼要給個葫蘆呢，就是給，也不能給那個大的呀！置了氣，三天和娘不著嘴。

但是，薛紅星來了，娘是和安生一致地不待見。薛紅星來了黃眼珠子亂轉，總要給娘說些不三不四的話，娘喊：安生安生，你叔嘴乾了，端些水給喝！安生端出來的是涮鍋水。薛紅星待不住了要走，一走，娘就哐啷把院門關了。

※　※

莊稼還不熟，地裡一時沒了活，人們就在打麥場上漚肥。漚肥要出苦力，把牛圈裡的爛草和墊土起出來，擔尿窖裡的水攪和成泥，然後砌成堆，讓去發酵。男女搭配，幹活是不累，而歇工間隙，武主任就吆喝著玩拔河，大家更嘻嘻哈哈，熱鬧得像耍了社火。又過了一日，出工的全換成男勞力，漚完第四堆，天色還早，三個生產隊各派出二十人要正式比賽。安生在拐子巷道裡攆一隻公雞，攆到了巷口，看到了打麥場上的情景：一條粗繩索被兩撥人拉起，鄭風旗當裁判，哨聲一響，雙方吶喊，用力扯拽。然後是一會兒這一頭把繩索扯拽了過來，一會兒那一頭把繩索又扯拽了過去，來來回回，勢均力敵。哨聲是越來越緊，扯拽的人已經面目猙獰，全是腳腿往前蹬，身子往後傾，如同鏵插在地裡，硬土場子上也犁出了一道一道溝渠。安生想這種活動怎麼叫做拔河呢，河是樹麼，能拔起來嗎？即使拔吧，拔過來拔過去，河是能順流而又逆流?!安生在瞬間裡覺得這些人可笑，自己哄了自己，與其說是扯拽那根繩索，不如說像拴螞蚱一樣把他們拴在了繩索上。兩撥人還在扯拽呀扯拽，後來就不動了，繩索也在空中靜止。突然，呼地一下，這一頭的人把繩索扯拽了過來，爆發了歡呼聲，那一頭的人被扯拽得趴在地上，半天爬不起來。爬起來了，有人在指責內部的岳發生放了一個屁，是屁把大夥逗笑了，結果一鬆勁輸了。於是，吵吵嚷嚷：重來！重來！安生笑了一下，攆他的公雞，浮水就走過來了。

浮水手裡拿著一根棍，說：咱倆用棍拔河，看誰能贏。你堵住公雞！安生在命令，給我堵住公雞！浮水莫名其妙，但還是站了個大字。公雞再掉頭往回跑，安生便捉住了。捉住了倒提著捋脖子上的毛。浮水說：你這是幹啥？安生說：我要牠幾根毛。這是一隻紅公雞，安生第一眼看見牠的時候，牠身子帶光，走路步伐緩慢，兩隻爪輪換著，每一次抬得很高，伸出去是平的，然後輕輕落地。現在牠被安生一根根捋毛，捋下十幾根，雞脖子上依稀看到了那長著小疙瘩的皮。／你要牠幾根毛？／牠的毛漂亮！／你知道這是誰家的公雞？／誰的公雞都是公雞麼。／我看像是武主任家的。／哦？／安生把公雞放了。

安生和浮水並沒有用木棍拔河，安生要去澇池裡捉青蛙，浮水也跟了去。浮水還在問捋那些雞毛做啥用呀，安生說：不該問的就不要問。經過飛天家的院門口了，安生卻要浮水去把那一撮雞毛塞到院門底下去，而他自己站在旁邊的一棵榆樹後。浮水說：惡作劇呀？安生說：你去，你去。浮水去了，貓腰正把雞毛塞進院門底下，院門卻嘩啦開了，出來的是飛天她爹飛毛海。飛毛海愣了一下，說：嗯?!浮水就慌了，說：不是我，是安生。安生從榆樹後先跑了。

但是，過了幾天，安生又看到了飛天在她家門前的空地上踢毽子，毽子上插著的正是那一撮雞毛，他很得意，就把浮水叫來，還拿了半塊菜餅子，允許浮水吃一口。菜餅子也只能吃兩口，浮水的那一口嘴張得太大，把安生的手指都咬著了，安生沒有生氣。已經是太陽落下，巷道裡熱氣未退，兩邊院子裡的青蛙都在叫喚。安生問浮水：你知道青蛙說啥哩？浮水說：我不是青蛙。安生說：你就知道吃！浮水說：那青蛙說啥？安生說：牠們在說天上什麼時候有天鵝。浮水拍著腦袋，想到了課本上有過一篇文章，寫了青蛙想到天上去，但青蛙沒有翅膀，牠請教天鵝，天鵝讓牠嘴裡咬一根柴棍，兩個天鵝分別叼住柴棍兩頭，飛了起來。青蛙還想上天啊？浮水說，可惜沒有天鵝，就是有，現在天要變啦，天鵝也飛不了。這時候天真的是變了，颳開風，身上涼了許多，他們同時往天上看，看到尖角梁上空有著一朵黑雲，指望著這雲能下些雨，風把雲又吹散，而喇叭響起來。喇叭一響，所有的青蛙叫喚便沒了。

喇叭播放了一段革命歌曲後，武主任在通知晚上開會：今天的會議非常重要，各生產隊的每一戶必須有一人參加。現場要點名。參加會議的不記工分，但缺席的卻一律扣除工分，扣除十分工。聽到通知，一堆人都在叫苦：趁著晚上要打胡基呀，要給自留地辣子苗澆糞水呀，要推石磨磨些稻皮子炒麵呀，那就得全放下?!有人拾了個小石子要擲打喇叭，旁邊人趕急說：犯錯誤呀，你敢？小石子不擲打了，自己捂自己耳朵，咕噥道：三天兩頭的會，咋這多的會！安生並不理這些，因為村裡開任何會，都是娘去的。娘膽小，先是去了便老實地坐著聽會，卻發現別的婦女一到會場就擰繩子、補衣服，開會和做針線兩不誤。她再去開會了也是懷裡揣上要納的鞋底，而真到了會場，還是不敢把鞋底拿出來。娘糾結開會，安生卻喜歡娘去開會，因為娘一去，他就或許在家的灶膛裡燒一顆芋頭，或許和浮水趁夜色到誰家的門前屋後，遇著樹上有杏就偷的摘杏，遇著樹上有柿子就偷的摘柿子，或許樹上沒有什麼果子可以吃了，那就仰頭數天上的星星。一遍一遍數的星星都不一樣，而他們樂此不疲。

喇叭響過，安生和浮水一對眼，兩人心照不宣，一個說：晚飯後見！一個說：晚飯後見！各自分開，回家去了。

※　※

安生從石磨巷往北走。石磨巷和東西向的槐樹巷是丁字形，丁字口處好像有人，往起躍了一下，很快又朝西不見了。安生激靈了一下，覺得那是飛天。飛天這些天是穿著格子布衫的，能躍得那麼高，躍起來又那麼輕的，只能是飛天。安生便跺了一下腳。跺腳是要讓飛天知道是他在跺腳，但是，不能碎步跑，又得讓飛天知道他是偶爾路過這裡的。安生穩著步子走到了丁字口，西巷道裡已沒見了飛天，而丁字口迎面的人家院牆上湧著一蓬薔薇，上面開著一朵花。飛天肯定是走著走著看到了這朵花，躍起來去摘，沒有摘到，也沒有想著再摘，就身子不停地走過去了。安生也往西巷道裡走，走到又一個十字巷口了，仍是沒見到飛天，失落地在那裡站了一會兒，才拐了北邊的巷道要回家去。北邊的巷道再往東拐，就碰上茍再長和李萬安的媳婦在吵架。

這兩家是鄰居。李萬安家的一棵柿樹長在自家院牆根，一枝股卻撲撒過牆頭到了茍再長家的院裡，茍再長搭了梯子，在院牆上砍那枝股。從自留地摘了一個茄子的李萬安媳婦，回來還在自家院門口，看到了，血錐錐地叫起來。

／你吱哇著，殺你了？／你砍我家的樹就是殺我！／哪是你家樹？／樹根樹幹長在我家院裡，那不是我家樹？／你家的樹為啥侵占我家領空？人欺負我了，樹也欺負我?!／誰欺負你了，你把話說清楚！／說清楚就說清楚，原本我是到學習班幹活的，為啥最後卻是你家？／這是村革委會的決定，你尋我家的事？／一碗水不往平著端，誰知道吃了人家的芋頭，還是吃了人家的乳頭！／啊苟再長！吃了誰的芋頭乳頭，你說誰的?!／不是你，發什麼燒？／

李萬安媳婦把手裡的茄子扔過去打苟再長，而力氣小，茄子扔不遠，掉在了巷道。而苟再長卻揭了院牆頭的一頁瓦扔過來，在李萬安媳婦面前的地上，啪地瓦渣四濺。村裡每天都有吵嘴打架的，安生喜歡看熱鬧，就站住看他們還會怎麼鬧，等著左鄰右舍的人聞聲出來，又會怎麼勸解。但李萬安媳婦撲遝坐在地上哭叫，看見了安生，竟突然止了哭，說：你給我把茄子拾回來。說完又哭叫著雙手在地上拍。

※　　※

噢，在生產隊，男人們稱作全勞力，幹一天活記十分工。而婦女是八分工。我娘有胃病，成年捂個肚子，她的出工率低。而我只給記四分工。麥秋兩季分口糧，口糧的價錢以工分結算，我家的口糧就分得最少。在村幹部眼裡，我還是孩子，口糧是少了，可飯量也小呀。我哪裡還是孩子？每頓飯我端的也是大碗公，娘吃兩碗，我吃兩碗半的。我再去找武主任，武主任笑著拍我頭：長吧長吧，能長到鍁把兒高了，給你和魚饗河一樣的工分。

我真的在長，長到差不多鍁把兒高了。到了立春，立春是春天立起來了，武主任是給我加了一分。同時，我記得清楚，那天我的聲音變粗，而且嘴唇上開始有了一層淡淡的絨毛。我在體會著我身體的變化，發現夢越來越多。夢裡再不是自己是一條蟲子就鑽進了桃子裡。再不是牙想吃肉了咬著了舌頭。而是夢到了斑鳩，樹上老是落有斑鳩，只有一隻，一動不動。夢到了尖角梁後溝裡全是草地，草上都是露珠，露珠一滾，草就哆嗦。夢到了我衣服裡裝了木棍兒，木棍兒一頭尖銳，竟然把褲襠頂出個窟窿。這一切很奇怪，坐在什麼地方了就想入非非，我覺得我有了世上最亂的心。娘說：哎，哎，叫你哩，三聲四聲叫不應，發啥子呆？我才知道我在發呆。

我曾經說過，當我在地窖裡坐著或躺著時，像桶掉進了井裡，沒有一絲光亮，但我可以在黑暗裡看到清晰的山川河流，魚蟲花鳥，和形形色色的人，人裡就有了飛天。一旦有了飛天，接著滿窖裡都是飛天。我一開口，口裡就溜出了飛天的名字，每每叫著飛天的名字，一叫心裡咯噔疼一下。而白天裡，喜歡上了往天上看：心情不好的時候，天上的雲就是黑的，高興了牠是藍色的像湖，紅色的如同燒起了火。地上的草開著花才會有這顏色，可草能吃的人都吃了，人不能吃的割了喂豬喂牛。雲突然就變化莫測，有了那麼多的雞貓豬狗，村裡沒有了什麼雞貓豬狗了，天上還那麼多。我在問：天上還有什麼？雲就又跑起來，跑起來的樣子像飛天。

我說不清為什麼總是想見到飛天，這念頭一產生，從腳底到腦門就有一股氣流竄，整個身子都漲起來，便要飛，使勁地跑呀跑呀，像是河裡的老鸛，要跑一陣就起飛了。娘在這時候罵我：你跑著讓肚子餓呀?!生產隊每次出工，我會站在巷口看出了村的人群裡有沒有飛天，有飛天了，掮了鋤頭或挑了籠擔，快活地跟了人群，這一晌的勞動都不累。若沒有見到飛天，我雖然也出工了，步子沉重，像老牛上屠場。勞動中來生運幹著幹著抱住鋤把不動彈，我也抱住鋤把不動彈。別人說：來生運你又犯病啦？來生運說：我頭痛。我也覺得我頭痛。

但我不敢走近飛天。曾經無數次鼓了勇氣要和她說話，而一走近，又是那樣的蠢，出一頭的汗，話說不完整。晚上拿了工分本去村革委會辦公屋記工分，原本從我家直著巷道往北走不遠就到，我給娘說：我去記工分呀。出了門卻要拐兩條巷道經過她家院門口。腳步像貓一樣輕地走到那院門口了，院門總是關著，就走過去。其實院門關著我倒還高興，怕她突然出來了，我又不知說什麼好。可走過去了，回頭再看那門前的楊樹，楊樹葉子正面是綠的，背面發白，風一吹，月光下葉子有一半如同開了白花。唉，樹為什麼開白花呢，樹心裡有了什麼想法了能開白花？一時感覺自己像丟失了什麼。丟失了什麼呢？掏口袋，口袋裡的紅薯片還在，脫了鞋，鞋裡有沙子。我再走，衣服在摩擦著響，那是全部的骨骼在摩擦著響。

※　※

晚飯還是包穀糝糊糊煮了芋頭，安生抱怨：糊糊咋這稀的？娘沒言傳，把自己碗裡的兩個芋頭撥到了他碗裡。安生的碗裡有了六個芋頭，端著蹴在院門口。巷道裡各家的院門口都圪蹴了吃飯的人，全是包穀糝糊糊煮了芋頭。飯稀了話稠，大家自嘲著晚上不幹活，吃得太結實了睡不下，又笑話起誰家的媳婦不會過日子，連這糊糊也喝不上，白開水裡只煮著蘿蔔絲。飯時的說話是話題隨意轉換的，但怎麼轉換的又不知不覺。他們先還在說碗裡的芋頭雞蛋大，用筷子插了往嘴裡塞，嘴張得過大了眼睛便瞇起來，村人一年四季要吃芋頭、紅薯的，所以男女老少的嘴都大，顯得牙長，而眼睛細小。後來便說到了晚上要開的是個什麼會，是純粹學習嗎，還是武主任念報紙，他認不得的字就跳過去不念了，一句話總覺得不完整，就讓鄭風旗去接著念了。或者又是階級鬥爭有了新形勢新變化新任務，那就完全是武主任來講了，他講話慷慨激昂，不打絆子，嘴角一直有兩疙瘩白沫。如果是往常，說到階級鬥爭的事，安生就離開了，而現在爹不是反革命了，安生就不走，一邊喝包穀糝稀糊糊，還把嘴咂得吧唧吧唧響。

你是豬呀？娘在指責，出恁大的聲！娘是剛剛端上了碗，爹在炕上叫著要上廁所，娘把飯碗放在了上房的窗臺上，跑去扶爹從炕上下來。爹腰裡裹了一條被單，一條腿直戳著，一條腿在一下一下地蹦。娘還在教訓著安生吃飯吧唧嘴那是賤相，沒想自己在門檻上絆了一下，連同著爹一下子跌倒在了臺階上。爹哎喲叫著，傷腿上的繃布裂開，夾板也掉下來，人疼暈過去，屎尿從褲管下流下來。娘趕緊掐爹人中，讓安生快去叫賀新才。

賀新才本人就是一個跛子，搖搖晃晃趕來，巷道裡的人已吃罷飯，抹抹嘴，拿上旱煙鍋子，三三兩兩往村革委會辦公屋那兒去開會了。重新給爹敷上藥膏再包紮了，爹清醒了咕噥著又罵娘，安生把娘叫出臥屋。／人家都去開會了，你去呀不？／這我走不開呀，得給你爹擦洗身子。／不去得扣工分的。／要麼你去。／我去？／點到我名了，你就應一聲。／娘掏鑰匙開了櫃門，從中抓了一把紅薯乾給安生裝在口兜。娘已經給櫃門上鎖了。

安生卻跑去找浮水，在三石巷裡竟然碰著了，浮水也是來找安生，告訴說他娘生病了他要替娘開會的。安生沒有給浮水紅薯片，說：這巧的！原本領你占個什麼便宜的。浮水說：今日沒占上便宜那就是吃虧了，卻說剛才路過打麥場，打麥場後的那塊生產隊的地裡，蓮花白長得好，這會兒肯定沒人，咱去吃菜心？兩人就鬼鬼祟祟去了打麥場，月亮明晃晃的，但場上的幾個肥堆擋著，即便場邊有人經過，也看不到菜地的。他們鑽在地裡，先慌地一人趺了一跤，安生說：快，快！每人拔了一棵。到地頭了，安生看到他們拔的蓮花白都沒形成包，沒有包就吃不到嫩的菜心，扔了，又返身去拔了一棵。回到打麥場，就蹴在肥堆下，一人把菜包掰下一塊吃起來。蓮花白菜心又脆又甜，吃得就很急，吃著吃著，浮水嘴不動了，安生說：噎住了？浮水說：菜裡咋有了棉絮子？安生也覺得是有棉絮子，嚼不爛，從嘴裡取出來，也看不清楚。扔了，再去掰菜心，似乎覺得菜心裡有什麼在蠕動，定睛看了，是蟲子，叫不上名的蟲子。安生忽地把剩下的蓮花白扔了，說：咱把蟲子吃了！噁心得就吐。浮水趕忙讓安生捂嘴，說：不要吐，不要吐！權當咱吃肉了。安生還是吐，把晚上吃的飯都吐了出來。浮生猛地看到不遠處蹲著一個人，立時嚇住，問：誰？對方不回答。安生也不吐了，兩人站起來走過去，原來是一個碌碡，氣得踢了一腳，風一樣跑到巷道去了。

在巷道裡，不停遇到去開會的人，安生時不時還要吐唾沫，浮水扯他衣襟，安生便若無其事地往前走，浮水也吹起了他的泥雞哨。

※　※

村人黑壓壓都坐在村革委會辦公屋前的場地上，屋簷下吊著大燈泡，蚊蟲飛蛾全飛來了，繞著一團。開會沒有念報紙，點過名後，武主任先是講話，講國際形勢，講國內形勢，他知道的東西太多了，而且口才越來越好。安生的中學語文老師講課時眼睛要盯著教室的屋梁上，武主任不，他眼睛就盯著大家，盯住誰了，誰都不好意思地低下了眼，他還在盯著。安生和浮水就坐在前排的邊上。之所以坐在前排，他們要讓武主任知道他們來了，沒有坐到前排中間，是不想武主任講話時的唾沫星子濺到他們臉上。安生低聲說：我曉得他為啥講得好了，他排比句多。浮水聽了聽，覺得是。武主任臉轉過來了，眼睛盯住了安生和浮水，安生這才發現自己衣服上的泥，立即腰彎下去，暗示著浮水也彎下腰。武主任的眼睛又盯住了左邊的人，浮水悄悄問：啥叫形勢？安生說：就是介紹總的情況吧。浮水說：那怎麼是形勢，形能理解，勢是什麼？他們身後有人在說：男人怕去勢，女人怕腰干。安生回頭，見說話的是張百從，問：啥意思？張百從沒有解釋，又有幾個人在嗤嗤笑。武主任的臉又轉過來了，一切都安靜了。武主任終於講到了今天晚上開會的主要內容是抓革命整頓團結村偷盜之風，要抓的典型是三生產隊的白承禮。雖然白承禮的問題屬於人民內部矛盾，開大會不是要批鬥他，但絕不姑息，從嚴處理，他得當眾悔過檢討。說畢，武主任就叫：白承禮你出來！

身後的屋門吱呀開了，白承禮走了出來，頭上戴了個白紙帽子。／誰給你戴的帽子？／我自己疊的。／讓你用白紙寫交代的，你疊了帽子？／是剩的紙。／摘下來，好像要遊你街似的！／我犯錯誤了，我戴上。／白承禮早在下午就到了村革委會辦公屋做交代的。沒人押他，腰就彎得像籠攣，站在了大家面前，頭不敢抬。武主任說：你給大夥說說你為啥站在這裡？白承禮說：殺雞給猴看呀。武主任說：看你啥呀，看你頭上有花，還是看你長得俊?!白承禮說：我偷吃生產隊東西了。武主任說：你都偷吃了生產隊啥東西了？白承禮嘴唇抖抖著說不清。武主任說：你是蚊子叫呀？白承禮說：我不敢說。武主任說：這陣不敢說，偷的時候就敢啦?!武主任訓著白承禮站好，讓鄭風旗到辦公屋取了兩張紙來念，說是白承禮的交代紀錄。白承禮的鼻尖上、下巴上往下滴汗珠子。以往，凡是開會，不管是學習報紙社論和有關文件，還是批鬥宋駝子，即便聲討北京省縣的那些走資派，都讓富農分子謝長燈要站在會場前的，群眾裡便會有人站起來領喊口號。但這次沒有，靜悄悄的，做針線活的婦女都不做針線活了，吸旱煙的男人也都不吸旱煙了，甚至都不再咳嗽吐痰，聽白承禮的交代——

河灣的大豆地裡，我偷地剝吃過豆子。豆子還沒飽仁，吃了黏牙，先後剝吃了三把，毀壞了十二棵大豆苗。秋裡澆地時偷過北瓜兩個，一個拳頭大，上面還帶著北瓜花，當時吃了，另一個大，藏在了草籠子裡拿回了家。還有，過了七八天吧，在北坡根的瓜地裡偷吃了七個甜瓜，都沒成熟，才酒盅大，一個只是一口。收麥時在生產隊麥地裡偷地揉過嫩麥粒，有兩掬。夜裡又從地裡把割倒的麥偷抱了一捆，沒抱好，路上撒有麥穗，被發現，隊長從我家裡又收回了。揚場了四次，都故意把腳在麥堆上踩，讓麥粒灌進鞋殼裡，回家再倒出來，每次能倒半碗麥粒。過去偷過牛飼料的十斤麥麩子，三斤黑豆。生產隊蘿蔔長到鐮把粗，偷拔過多次，有一次曾連續趴在地裡一氣兒吃了四個白蘿蔔，三個胡蘿蔔。先前村裡還有豆腐坊和醋坊，偷過豆腐渣一次，偷過醋糟一次。偷過蔓菁根三次。偷過別人家的茄子兩個、豆角十三條、黃瓜四根。偷過一籠子柿子。半夜裡去過生產隊東原上的紅薯地裡偷紅薯，先後三次，兩次碰著人，沒偷成，成功的那次是偷了半籠筐，路上跑得急，又掉了幾個，回去清點是五個大的、四個小的。偷過芋頭四次，前每次三顆到五顆，第四次把褲子腿紮住，在裡邊裝了二十顆。以前公社食堂化，我幫過廚，偷喝過一瓶棉花籽油，結果拉肚子。偷過伙房裡切好的豆腐條一把。偷過生產隊紅薯蔓子三捆，一捆回來煮鍋吃了，兩捆曬乾了磨了粉做的炒麵。前年冬天加夜班修梯田，生產隊管一頓飯，我往地裡送飯時偷吃了一碗餄餎。最不該的，是生產隊在兩溝原種芋頭，芋頭是切了片，拌了灶灰都種在地裡了，我半夜裡去刨出來了三十多個，回來洗淨後煮的吃了。這次被抓住，是武主任和鄭宣傳委員在辦公屋後樓上刷革命標語，讓我到辦公屋取凳子，我進了辦公屋見裡間屋的甕裡有包穀，忍不住偷了三把裝在口兜，出來見辦公屋牆角還有幾十顆麥，正要撿，鄭宣傳委員喊我，我撿了三顆就放在嘴裡嚼。沒想這是武主任給老鼠放的有毒小麥粒，我吃了頭暈、嘔吐，被發現了。

安生的肚子咕咕地響，他掏出了一片紅薯乾吃起來，吃完一片又吃了一片。浮水也要吃，他掏出三片，給了浮水一片，剩下全塞到自己嘴裡。

念完了，武主任說：大家也都聽到了，白承禮多年來就是個偷兒，以前被發現了，批評過，也做過檢查，可他偷了挨批評，批評了做檢查，檢查了再偷。團結村這幾年可以說偷盜成風，風源就是在白承禮這兒，我們要拿他做個娃樣子，才把他叫來做交代的！武主任說完了，氣咻咻地，叫道：白承禮！白承禮應答：在。武主任再厲聲：你給大夥說說，你看對你咋處理！白承禮自己扇自己嘴，說：都是我這嘴，欠吃！×嘴！我成天叫喊糧食不夠吃，自己肚子大，吃得多，其實大夥都饑著，只是我不要臉。我給大夥檢討，我品質惡劣，我犯錯，村革委會不容的，大夥不容的，我可恥，是壞傢伙，實在壞透了，頭上生瘡，腳底流膿，我不是人。我只說為吃嘴沒有啥，見了啥都想吃，偷偷摸摸慣了，也把這不當一回事。我再交代一件事，前年加夜班修梯田，生產隊管吃一頓飯是餄餎和黑饃，我在送飯路上偷吃了一碗餄餎，其實還偷了兩個黑饃。當時吃了一個，正要吃第二個，有人過來，就把另一個黑饃丟到路邊草叢裡，第二天去取，讓一隻狗叼走了。群眾的眼睛是雪亮的。群眾的眼睛是照妖鏡。再狡猾的狐狸也逃不過獵人的眼睛。因此我覺悟到自己一切完蛋，死路一條。但是黨和村革委會再次寬大我，我辜負了對我的關懷。我現在保證如下：一，讀毛主席書，聽毛主席話，跟共產黨走。做一顆革命的螺絲釘，哪裡需要哪裡擰。我是爛棉花套子，哪裡有窟窿，就把我往窟窿塞，發揮我的作用。二，愛團結村，愛集體。服從領導，武主任說往東，我不往西。多出工，出工出力，一不怕苦，二不怕死。三，杜絕偷竊行為，再偷吃偷拿，我嘴是屁眼，是×，大夥拿刀剁我手，拿鞋底子扇我嘴。四，這次一定說到做到，如再犯，當場抓了送學習班，讓我死在學習班，死無葬身之地，遺臭萬年。

會議一結束，人群散了。安生把褂子脫了拿在手裡，浮水也把褂子脫了拿在手裡。經過浮水家院門口，浮水問：還到我家待一會兒吧。安生說：我肚子餓得前腔貼後腔了，得回去吃些啥。浮水說：你只給我吃了一片紅薯乾，我從家裡給你拿東西吃，能吃多少給你多少！安生說：我吐了麼，就這一回，咱以後不偷了。在浮水家裡，浮水娘氣管炎犯了，她沒有去開會，在廚房做什麼，呼哧呼哧喘，喉嚨裡像是安了風箱。浮水才要問娘有什麼東西給安生吃些，娘卻說：進來，進來。浮水和安生進了廚房，鍋裡煮的是蘿蔔絲湯，湯裡還有幾顆油花子。一人吃喝了兩碗。浮水娘看著，用手摸摸浮水的耳朵，又摸摸安生的耳朵，說：吭，吭，耳朵梢子都餓乾了，吭吭。浮水娘把安生褂子上的泥用抹布擦了擦，安生才往回走。

而就在七星巷道，那裡又在吵鬧了。這回是李萬安和苟再長在吵。／你咋？／你咋？／你想咋？／你想咋？／你把我能咋?!／你把我能咋?!／原來李萬安晚上從學習班回來，他媳婦告訴了苟再長砍他家柿樹枝股的事，李萬安去找苟再長，苟再長開會去了，他拿了個凳子就坐在他家院門口的西邊等著苟再長。苟再長回來了要經過，李萬安不讓過。苟再長說：為啥不讓過？李萬安說：這是我家院門口。苟再長說：巷道是村裡的巷道。李萬安說：天空是國家的天空！兩個男人一吵起來，一個聲比一個聲大，天搖地動。安生就不走了，站著要看結果。但是來了好多散會的人，將他們拉開，苟再長看著自家院門口不足五米，就是過不去，說了句：只要你不從我家門口過?!退回去繞了一大圈，從別的巷道回家去。安生這才走了。

※　※

苟再長和李萬安兩家吵架，完全是苟再長起的事，可村裡大多數人卻不向著李萬安說話。接著村南頭的王來銀和劉鐵栓也鬧起來。王來銀從學習班回來拿了條七成新的西式男褲給媳婦穿，前面有開口釘著扣子，劉鐵栓的媳婦就給人說：穿的什麼褲子呀，嫌那裡熱，給放風哩？王來銀媳婦聽到了，讓別的婦女看她是把前面的開口用線縫死的。她說，即便不縫，讓進風又咋啦？我就是讓進風，而有的人是讓進×哩！劉鐵栓媳婦曾有過相好的傳言，聽了就躁了，說那褲子是王來銀從學習班偷來的。兩個女人一罵，撲在一起，你拽我頭髮，我抓你臉皮。王來銀媳婦吃了虧，跑去學習班見了王來銀，王來銀卻是口拙，沒去劉鐵栓家，去的生產隊長王上戶家，對天發誓那條褲子是學習班一個右派分子的，右派分子吃不飽，讓他把這條褲子拿出來能換些吃的，他是從家裡給拿了三斤紅薯麵餄餎。兩起矛盾都牽涉到村裡派去學習班的人，有的就說學習班好，希望能一直辦下去，有的說有了學習班不好，村裡少了勞力，而抽派去的人還在生產隊記工分，又能白吃兩頓飯，有許多想不來的好處。各種意見彙報到武主任那兒，武主任召集了各生產隊長、貧協委員、婦女委員、宣傳委員的會，會上達成一個共識：團結村要團結，靠不上宗族關係，而靠的是關懷，如何關懷，就是分享利益。於是，做出決定，全村所有貧困戶都可以有一人能輪換著去學習班，輪換期縮短為兩個月。這樣就撤回了第一批去的劉有餘、李萬安、王來銀、錢生櫃、任超越、吳家富、費鎖子、郭慶娃，再抽派去苟再長、孫立梁、馮開張做看守，米小見、張百從做幫廚，閆海動燒鍋爐，南社會打掃衛生，王化周跑小腳路。這八人去了後，學習班的冉組長卻退了孫立梁，要繼續留下錢生櫃。

冉組長當晚來武主任家，說不願換錢生櫃的原因，是錢生櫃在學習班表現突出，他看守的人沒有絕食的，沒有自殺的，連裝瘋賣傻的都沒有，而且他幫助審訊，下手利索，能鎮住那些壞人。是嗎？武主任哈哈笑：我抽派去的孫立梁下手比錢生櫃還錚火，我給你舉個例子，以前過春節殺豬，錢生櫃是用刀剁雞脖子，而孫立梁是用手擰，啰嚓就擰下來了。他突然收住笑，頭伸過來了。／我知道，錢生櫃是你老表。／是老表。／我會給你面子的，可別人都換了錢生櫃不換，我這是擺不平啊。／還有你武主任擺不平的？你當初三下五除二不就說服了我接受八個人嗎？／這……／沒啥這的，就這樣定了。／不，不……村革委會得再研究研究。／

第二天中午，錢生櫃來到武主任家，武主任老婆說你坐，他後跑了。後跑就是拉肚子上廁所，錢生櫃沒坐，說：哎呀，後跑傷人啊。就去了廁所，把一塊手表給了武主任，說這是學習班裡一個縣工會副主席的，讓他拿出來換了十個蒸饃的，他讓媳婦蒸了五個紅薯麵饃，又外借了些麥麵，摻上包穀麵，蒸了五個白饃給了人家。武主任說：十個饃呀，這表我不能要。錢生櫃說：這表是貴，可我能戴嗎，金疙瘩放在我那兒也就是個磚頭麼。錢生櫃把手表放在武主任面前，轉身就走了。

就這樣，錢生櫃再沒被換回來。武主任給孫立梁做思想工作，答應下一批輪換肯定有他。後來孫立梁知道錢生櫃和冉組長是親戚，心裡到底窩了氣，便抓了一把包穀顆，引誘著錢生櫃家的一隻雞出了巷道，逮住拽開兩條腿一撕，撕成兩半，丟進一家糞窖裡。

※　※

那家的糞窖邊有棵桑葚樹，安生和浮水老想著爬上去摘桑葚，樹下邊卻用繩子掛著一圈狼牙刺，無法靠近，而且樹上還掛了個小紙牌，寫著：偷吃桑葚，得肝炎，得鼓症，得絞腸痧。安生和浮水扔石頭砸牌子，砸掉了牌子又擲土坷垃打桑葚。桑葚是紫黑色，在陽光下晶瑩剔透，想像著那吃在嘴裡舌頭一攪就全是糖水了，但桑葚落下來如下一陣黑雨，幾乎全掉到糞窖裡，偶爾有掉在窖沿的石板上，就銅錢大一個漬。別人家的糞窖上都棚蓋著包穀稈，這是邵子善家的糞窖，他是個光棍，又一臉大麻子，褲子破了屁股上的肉都能看見，糞窖也懶得棚蓋。十個麻子九個怪，一個不死都是害，他們低聲罵著，要離開的時候，突然發現糞窖裡有雞爪子，上面還繫了個紅繩兒，像是落水的人在沉沒中還掙扎著手。尋一根柴棍一挑，竟然是半塊還帶毛的雞。浮水說：雞？還能吃麼，咋扔了?!浮水看著安生，安生也看看浮水，不約而同，兩人都拿了柴棍去打撈，就把半塊雞打撈出來了。還是沒有說話，安生提了就往水泉裡去，浮水前後警戒著。

水泉裡正好沒人。在那裡拔毛清洗，覺得肉並沒有腐爛，聞了聞也沒有臭味，兩人就嘿嘿地笑。商量著是拿到安生家煮了吃，還是拿到浮水家煮了吃。便聽到錢生櫃媳婦在遠處的巷道裡叫喊著她家的雞不見了。那女人一會兒咕咕咕叫著雞，一會兒尖錐錐地罵誰偷了她家雞。他們立即知道這雞是她家的，也姓錢，就不敢拿著回家了，怕一旦被發現，人家會以為是他們偷殺的，忙塞到一家屋後簷堆放的穀稈裡。走過去，錢生櫃媳婦還在那裡罵。／你家的雞丟了？是個啥雞？／黃母雞，就害怕丟了，腿上還繫了根紅繩子。／哦，這沒見。是不是飛

了？／飛了？雞翅膀能飛到天上去?!／會不會讓黃鼠狼子叼走了？／大白天的哪有黃鼠狼子?!／

安生和浮水到了另一條巷道，巷道兩邊人家裡的青蛙都在叫。安生說：咱這可不是偷。浮水說：撿的。卻又念念不忘了另一半雞，便繞了巷道去邵子善家的糞窖裡再打撈。正打撈著，浮水小聲說：來人啦，不要回頭。安生就不打撈了，假裝在那裡隨便看廁所牆根，偏偏就有一條蛇鑽牆縫，已經鑽進去了，尾巴擺了擺，很快不見了。腳步沒有在身後響起，安生回頭一看，巷道裡並不見人，說：人呢？浮水說：我剛才看到是張百從進巷了呀。安生說：他在學習班裡咋能回來，就是回來，他家也不在這巷裡。繼續打撈，到底沒有打撈到。兩人從巷道離開，兩邊的院門或鎖著或掩著，這一家是吳家富，那一家是邢互助家，還有楊家、陸家、史家，史家是一個寡婦。浮水說：明明是張百從麼，他是進了誰家的院裡？

天到了黃昏，地裡幹活的人都收工回家了，村裡的青蛙再不叫喚，家家煙囪裡都冒炊煙。安生和浮水從穀稈堆裡取了那半塊雞，用衣服包著便出了村。要離村越遠越好，就跑到尖角梁下的一條水渠裡來燒雞。水渠早都沒了水，拾來的柴草點著了老不起焰，一股子黑煙往上升。不願意牠冒煙，趴下用嘴吹，嘭地焰是起來了，燎了浮水眉毛。把雞架到火上，突然從渠邊的土塄後冒出一個人來，說：知道你兩個沒好事！

冒出來的是魚響河。他嗞嗞地吸著鼻子，吸著了煙，也吸著了香，整個臉上只顯得就是一個鼻子。魚響河嚇唬著安生和浮水，安生和浮水並不擔心他要告發，但魚響河一出現，他們知道口福要淺了。安生嘿嘿地給魚響河笑，說：你拾柴禾了？魚響河是在尖角梁拾柴禾，背著一背簍酸棗刺。村人缺吃的，竟然也缺燒的，這裡不產煤，州河兩岸的人家世世代代燒灶燒炕都得砍山上的樹林子，樹林子就如人的髮際，隨著年齡往後退，二十里之內的山上已經看不到了樹，甚至連樹根都挖了去。男人們便十天半月到更遠的山上砍柴，婦女和孩子們平日要在村子附近的荒坡地塄上割些枯蒿野荊。安生和浮水是爬不上那些很陡的地塄，爬上去也害怕著被酸棗扎身。魚響河卻是有力氣又手腳敏捷，用一根帶叉的木棍會將刺蓬戳攏起來，然後揮鐮去割。背著我吃獨食啊！魚響河把裝了酸棗刺的背簍丟在了地上，提著鐮說：偷殺了誰家的雞?!他們趕緊叫魚哥，說明了這不是偷殺了誰家的雞來吃的，是在邵子善家的糞窖裡發現了這半塊雞的。／偷殺了就偷殺了，那有啥的？沒被抓現場就不是賊！／真的是從糞窖裡撈的！／誰能把肉扔到糞窖裡?!／安生和浮水已經無法說清了，而魚響河就把火堆上的雞塊往下撕腿，那也就一隻腿，他撕下來了啃。還說：這哪兒是從糞窖裡撈的，沒有臭味麼！雞腿還沒有燒熟，他啃起來用力很大，好像牙齒在扯皮筋，然後整個臉都在活動著咬嚼，但仍沒有咬嚼爛，梗著脖子咽下去了。安生和浮水急忙從火堆上取了那半塊沒了腿的肉，因為剩下的肉無法掰開，就你咬著撕一口，我咬著撕一口。但浮水的嘴張得太大了，咬撕下來的肉比安生多，安生埋怨起來。魚響河說：我主持公道！他從浮水手裡拿過了肉塊，肉塊上有咬出的月牙形，他把月牙咬平了，再讓安生和浮水每人一口地咬。又出現了月牙形，他又是咬平了。這樣，安生和浮水是各咬了三口，魚響河也是咬了三口。當最後還剩下雞脖子和雞頭時，安生一口咬住了雞冠，連魚響河的指頭都咬住了，魚響河哎喲了一下，踢了安生一腳，安生鬆了口，他拉出了雞頭，雞冠還在。罵道：你狗日的是狼呀?!便看到水渠下不遠的路上走著飛天，愣住了。

飛天竟然也在尖角梁呀！飛天是整個後晌都在尖角梁坡地裡剜野菜，剜得不多，僅僅只有少半籠。或許她是要返回村子，看見路邊草叢裡有螞蚱在蹦，她也攆著螞蚱蹦，像踢毽子似的，蹦跳得好看。當日的一聲，雞脖子連著雞頭突然落在了她面前的路上，她嚇了一跳，扭頭張望，看見了魚響河、安生和浮水。安生立即給她笑，希望她能撿了雞脖子雞頭，但她沒有撿，擰身就走，走著走著，一條辮子綻開了，紅頭繩掉在地上沒有察覺，後來就跑著去了。魚響河說：嗨，我恨我沒生在舊社會！浮水睜大了眼睛：舊社會，你嚮往舊社會？魚響河說：要是在舊社會，我肯定當土匪，第一個就搶了飛天！安生一下子憤怒了，要扇魚響河的嘴，但魚響河個子比他高，他就挺著頭，後退幾步，猛地撞了過去，差點把魚響河撞倒。魚響河罵了一句，採住了安生衣領，一摔，摔倒在地，再膝蓋壓上去了，拳頭一陣亂打。安生的臉腫起來，他在地上掙扎，用腳去踹火堆，還燒著的柴草並沒有踹到魚響河身上，煙灰卻瞇了魚響河的眼。安生翻身起來拉了浮水就跑，魚響河來攆沒攆上。浮水在路上把那雞脖子雞頭撿了，而安生撿了紅頭繩。

※　　※

好久我沒有爬過望春樹了，樹上枝股被砍掉的地方已經乾涸凹陷，形成了疤。就在從尖角梁回來的第三天，毛順爺來看望爹，臨走時在院裡說：哦，樹上長了這麼多眼睛！我和娘往樹上看，那些疤真的像眼睛，是偌大的樹之眼。之所以叫望春樹，冬天裡牠最早身子發綠，看到牠就望見了春，牠自己卻長了這麼多眼，牠是要看什麼呢？我好奇著，就爬上了樹。樹上錯落了好幾個樹眼，順著望去，能望到整個村子。能望到去北山的路，路一直消沒在了那個峽谷口。能望到州河。能望到州河南邊層層疊疊的峰巒。也就望到了尖角梁和尖角梁下學習班的圍牆，圍牆原來是刀把形呀。我說：哈，啥都望得到麼！但人的眼睛是望不到自己眼皮的，樹眼也是望不到樹眼上邊的那些刻字。那些刻字已經不是刻下去的，而筆畫全突凸出來，字形顯得越發清晰。就在那驚訝的瞬間，我手在口兜裡掏，掏出了紅頭繩繫在了旁邊的小枝椏上。繫上了，我都覺得匪夷所思，怎麼就繫了紅頭繩，是要讓飛天也能望到這一切嗎，是要飛天也知道我刻的字嗎，反正是迷迷糊糊地把紅頭繩繫上去了。樹在顫動起來，沒有風，不該顫動呀，樹偏就是顫動了。

也是從這天起，我醒悟了人和人有感應，人和樹同樣有著感應，就每天回來，都仰頭要看一陣樹。

我告訴浮水：我看見了望春樹在長。浮水不以為然，樹當然在長，但怎麼能看見呢？他甚至指著樹問我：你告訴我怎麼長，牠現在長了嗎？樹的長是在脫皮，牠不像蛇和蟬，脫下整個皮殼，而是身上發皺，乍起極小極小的片兒。我由此想到我身上的垢痂，娘老是說人是土變的，所以垢痂搓不淨，娘說的不對，那搓不淨的，除了灰塵外，就是要脫的皮。

望春讓我知道樹靜靜地長在那裡，其實牠一直在呼吸。你把手掌對著牠體會，是不是有一種氣流，漲漲的，針扎似的癢，你的身上汗毛就乍起來，甚至起雞皮疙瘩？我就想像，這種氣流一定是籠罩了全樹，人看不見，貓呀狗的卻能看見那是有著一個光圈的。正是有這種光圈，牠的葉子始終如鍍了蠟一樣油亮，而且牠從春到秋都在生發新葉：今天看著還只是暴出個芽子，明日就大得像要飛又飛不起來的蝴蝶。牠的開花也是那麼熱鬧，尤其是在正午，太陽越照牠越繁榮，感覺牠是在笑，能笑出聲。

我差不多可以讀懂望春的表情了，如同風是通過竹顯形的，牠的表情就是看棲落在枝股上的鳥。在大多的時間裡，所有枝頭上都是麻雀，嘰嘰喳喳，碎嘴多舌，似乎有說不完的是非，且無緣故地轟地飛起，又呼地落下，遺失一層羽毛和糞便。當然也來喜鵲、撲鴿、蒼鷺，甚至還有貓頭鷹，頭是貓頭，臉卻有點像人。而鴿子站在上面了，能長久地一動不動，看上去如同黑石頭。來什麼樣的鳥，那都是樹的情緒，往往與當天或第二天所發生的事情吻合。這我屢試不爽了，所以別人出門要聽喇叭上播放天氣預報，我只看樹上的鳥。

浮水不知從哪兒弄來了一本《水滸》連環畫，他看過了也讓我看。看到那個林沖額上有著欽犯的烙印，想到刻了字的望春，我哭了。刻了字的樹使牠不同了別的樹呀，我為什麼要把我的委屈、仇恨、憤怒強加給樹呢？我覺得我對不起了望春。但又想，什麼樹生長在什麼地方是有選擇的，望春既然在我家院裡，又能長得這麼高大，那牠肯定是讓我砍枝股和刻字的，或許我就是人的樹，牠就是樹的人。

有一天夜裡，我夢到一棵漆樹來到院裡和望春說話，漆樹不停地在訴說牠為了被取漆，挨了千刀萬剮，遍體鱗傷。望春一直傾聽，末了讓漆樹嘗嘗牠的葉子，說：是苦味吧，有了苦就藏在心裡，不要說的，說了有真心待你的卻替不了你，而更多的是嘴上說幾句同情話，說完就完了，甚至過後還嘲笑你。夢醒來天還未亮，我覺得這夢怪怪的，起來就去看望春樹，牠是還長在那裡，院子裡一切安好，而那條伸向院牆外的枝股有些異樣。開了院門，果然地上一層樹葉。早早起來拾糞的劉有餘告訴說，是張百從在竹竿上綁了鉤，把樹枝鉤下來拽的葉子。樹葉在牠由綠變黃變紅，該落的時候，那是風一吹，葉柄就斷了，然後輕輕鬆鬆的，像滑翔一樣劃著圈兒落下來的，而牠還是綠的，正活得旺旺的，卻把牠拽下來，那牠得有多大的疼痛?!我恨起了那個張百從，他為什麼要拽樹葉，就是欺負我家也不能這樣對待望春呀！我說：他拽葉子，葉子太苦，能吃嗎？劉有餘說：聽說望春葉子能打胎的……我罵起來：啥？能打胎，他一個男人家，打什麼胎?!劉有餘說了句：你不懂。就走過去了，還笑了一下，笑出了豬聲。

後來的後來，我終於聽到了風言風語，說是張百從和史寡婦有一腿。史寡婦白白淨淨的，見人不笑不說話，張百從又高又瘦，走起路讓人總覺得那渾身的骨頭都在碰磕，她怎麼就看上了他呢？

※　※

十字路口上總是有人，人是走蟲。有從北巷道去南巷道，南巷道去北巷道的，也有從東巷道去西巷道，西巷道去東巷道的。都急急忙忙，都碰上面了還是說一句：吃啦？說「吃啦」只是個招呼，而安生的嘴裡從來都有食，他現在走過了十字路口，嘴裡嚼著一塊蘿蔔乾。蘿蔔乾像牛筋一樣，嚼不爛，卻逗得滿嘴口水。他想起以前村裡還有狗的時候，狗會把一根骨頭啃一個晌午，不圖吃肉就圖咂味。便自己給自己笑了一下，抬頭看到了鄭風旗在馬接續家的院門上噴印毛主席像。安生對鄭風旗沒好感，對馬接續更是厭惡，故意要身子帶著風走過去，而鄭風旗和馬接續的說話使他放慢了腳步。／是縣上來的外調人員？／方鎮公社來的。／我以前就聽說過在土地廟那兒弄死了個人，那人竟然是共產黨遊擊隊的偵察員？／應該是。／弄死人的有飛毛海？／是把他叫到村革委會辦公屋調查了。／呀，咱們村水深，啥魚都有哩。／安生聽不明白他們在說什麼事，但聽到了飛毛海三個字，飛毛海是飛天的爹，他心裡倒咯噔一下，要走近去再聽，便見馬接續的小兒子坐在門墩上摳著牆根的土往嘴裡吃，嘴就是個泥嘴。旱災以來村裡人是有吃土的，但那是觀音土，而馬接續的小兒子吃的是牆土，牆根已經被摳得坑坑窪窪的。安生想起浮水娘說吃牆土這是有病的，他就有些幸災樂禍，說：唔，你爹不是能行嗎，你咋還沒啥吃了，吃土？小兒子看著他，舌頭伸出來蠕動，又細又長，像是條泥鰍。比炒麵好吃，小兒子說，炒麵吃了乾腸哩，吃土屙得快。安生哼了一下，說：屙你的蟲去！安生是見過這小兒子有一次在巷道裡屙屎，努出了一窩絞在一起的蛔蟲，吊在肛門口，過路的王嬸看到了，用腳踩住了蟲，讓小兒子往起站，小兒子一站，蟲子就全被拉出來，噁心了周圍所有的人。安生揭了短，馬接續的小兒子不吭聲了，鄭風旗卻要他按住紙板，按住了好噴漆，他說：我手髒著哩！就走過去了。

走過去了，安生在琢磨馬接續和鄭風旗所說的話：有人殺了共產黨遊擊隊的偵察員？方鎮公社來人調查飛毛海？飛毛海是知道殺人這事還是參與了殺人？走著走著，他竟然走到了飛天家的那條巷道了，就遠遠看著，飛天能不能突然從院門裡出來，如果出來了，他會上前問問她爹的事，他是能平靜地問的。可是，等了一會兒，沒有見飛天從院門裡出來，她爹和她婆也都沒從院門裡出來。他就走近去，經過了院門口，院門關著，他不敢去敲。又走過來，院門還關著。再走一次吧，走過去，院門環上趴著一隻瓢蟲，黑底紅點，返回來時，院門環上的瓢蟲飛走了。

安生終於離開，悶悶不樂地坐在了村東頭的土塄上。坐在土塄上拽著身邊的草生氣，把那身邊的草拽得全沒了莖。後來就看天，天上旋轉著一疙瘩雲，又看遠遠的州河，看河是一條線。

回家去，家裡來了舅舅。舅舅是住在北山箭溝埡的。那裡山高溝深，人住得分散，門前屋後可以種幾窩北瓜，一架豇豆，或在哪個鹼畔刨出席大的一塊地裡能種蘿蔔和芋頭。所以箭溝埡的人家要比團結村的人家日子好過。舅舅常下山了給安生家背些瓜瓜菜菜的，實在沒啥拿了，就提半筐子青皮核桃。安生把青皮核桃拿到水泉裡磨了皮，砸著吃仁，弄得滿手的黑，連衣服也染黑了，這黑洗不淨。這次舅舅是來看望安生爹的，背了一背簍帶根的蕨。蕨在嫩的時候形狀像嬰兒手，可以用開水焯了，涼調了吃，用三四顆蓖麻籽壓出油了炒著吃，煮鍋著吃，那是非常的好吃。但舅舅背來的蕨已經老了，樣子像扇面，往年裡那是不能吃的，而如今嫩柳葉嫩楊樹葉都能吃，老蕨當然就成了稀罕食材，何況還帶著根，根切片曬乾磨成粉了，能攤成餅的。安生進院門時，舅舅正要出門回去。娘說：叫你舅！安生轉身給舅舅笑了一下，就要進屋。／你舅給你拿了這麼多吃食，你就這樣問候？／舅！／把你舅的背簍背上，咱送到村口去。／舅舅並沒有把空背簍讓安生背，還摸了摸安生的頭，說：喲，還是個雙旋，雙旋人匪。安生頭上確實是雙旋，他沒有接話，和娘把舅舅送到村口。

浮水在村口和魚響河、五毛說話，安生他們一去，魚響河、五毛就走了。浮水從口兜給安生掏了一個柿餅，罵魚響河、五毛不要臉，剛才硬奪走了兩個。村裡差不多人家都有柿樹，結下的柿子全要攪拌了稻糠去磨炒麵，而只有浮水娘要留下一部分做柿餅。他家有柿餅，魚響河、五毛老逼他拿柿餅給他們吃。他們吃了，他氣不過就罵，可他卻常常又要當著他們的面吃柿餅。安生便覺得浮水是故意的，故意顯擺他家有柿餅麼。安生說：活該！浮水說：我給你柿餅了，你還不向著我?!安生說：是不是想收回呀？把柿餅塞進口裡，卻又咽不及，噎得眼睛直起來，浮水倒忙不迭地給安生捶背。

返回來，安生問娘：怎麼沒留下舅舅吃飯？娘說：你舅舅不肯吃麼。卻又說了一句：是不是你想吃呀？安生就問晚上要做什麼飯？娘說今晚上不出夜工，也不開會，不吃了，早早睡。安生說他真的肚子餓了呀，娘並沒可憐他，倒嘮叨起來：你成後晌地在外邊瘋，給你肚裡吆進去頭牛也是餓！你瘋麼，瘋麼，你不餓誰餓?!娘一嘮叨就沒完沒了，安生嘴噘臉吊，便進了地窨。

※　　※

娘在院子裡開始拾掇蕨，還在嘮叨：睡覺呀吃啥哩，睡吧，睡著就不餓啦。

她是一棵一棵剔摘著蕨裡邊的枯黃葉子和挖蕨時帶著的苔蘚、草屑，然後用剪刀把蕨的根鉸了，在案板上切碎，燒水焯，焯後握成一疙瘩一疙瘩的菜團子放在瓦盆裡。天漸漸地黑了，拉開燈，又在木盆裡添了水洗那些蕨根，洗好了又拿出去晾在屋簷下的箔子上。她是搭著凳子往箔子上晾的，凳子腿不穩，從凳子上跌下來。第一時間裡沒去關心腿流血了沒流，而是查看褲子，慶倖褲子沒有蹭破。接著嘟囔凳子陳舊了，卯也鬆了，就像是上了年紀人的腿？

院子裡的青蛙依然有節奏地叫喚，而時不時爹在炕上又發出那長長的怪異啊聲，地窖裡的安生也就迷糊起來。不知過了多久，他醒了，地窖裡黑漆漆的，伸出手看不見五指。他是被饑醒的，只覺得肚裡有個貓在抓，便從地窖裡爬出來，想著去灶臺上的瓦罐裡拿些炒麵吃。卻這時聽到了爹在說：哎，哎！他以為爹在囈語，爹夜裡動不動就囈語的。可爹哎哎了兩下後，又有了什麼響，娘在說：你做啥噩夢了，用枕頭砸我?!娘說話口還黏著，鼻子發齉。爹壓低著聲說：有賊了！娘說：有賊了?!爹發著恨，嫌她睡得沉，說話聲高：青蛙咋不叫了？安生聽了聽，真的是青蛙不叫了。娘這時一下子靈醒了，哐地推開了窗子，在大聲問：

誰？你誰?!又喊了：安生，安生，快出來，賊進院子啦！安生騰騰地跑去開上房門，娘也披了衣服出來，說：我看到一個黑影。娘把頂門杠塞給了安生，她拿的是爹的拐杖，兩人站在了院子裡，院子裡並沒有人。娘說：我明明看到了一個黑影子，是從院牆頭翻走了？安生果然在院牆根發現了一個蕨根。娘趕緊去查看屋簷下的箔子，箔子上的蕨根一半都沒有了。安生開了院門，巷道裡月光滿地，像灌了水，還是沒見個人影，娘已經在箔下哭開了。

娘再不敢在箔子上晾東西了，她把剩下的蕨根收回了屋，碎嘴子罵賊，罵過了又慶倖著發覺得早，要不賊就把蕨根全偷走了。／你平常睡得沉，咋今夜裡我一叫你就起來啦？／……你看到黑影像誰嗎？／就那麼一閃不見了，沒看清。／那估摸會是誰？／這咋能估摸！／會不會是白承禮？咱送舅舅時，巷道裡碰見過白承禮。／這不敢說，咱沒逮住人家麼。／他可是個慣偷！／那也不能肯定今夜裡的賊就是他呀。／娘讓安生去睡，去吧去吧，天亮還早，再去睡吧。安生卻說：我去謝謝青蛙。他去了院牆腳下的小水坑，四隻青蛙揚著頭，眼睛光光地望著他。他說：多虧了你們報警！可我還要問，進來的賊是誰呢？青蛙沒有出聲。

是誰呢，他也在想，把村裡差不多的人都在腦子裡過了一遍，覺得誰都有可能是賊。他站著不動，青蛙突然就又叫喚了，啊地一開口，收得很快，有了一種唄音。他聽著的是啊白，啊白。真的是白承禮！安生看著青蛙脖子下起了一個氣包，他肚子也氣得鼓圓了，出門就尋他白承禮去。

幾天前，白承禮家院門上掛著了一個篩麵的絲羅，那是他得了兒子，媳婦在坐月子哩。哼，掛了絲羅是不讓別人進你家的，你卻來我家偷東西?!安生想著去了白承禮家，要把那絲羅取下來扔了，然後大聲叫喊：白承禮，姓白的，把我家的蕨根交出來！白承禮若是不理，他繼續踢門，放狼聲著喊，喊得白承禮不安寧，白承禮的媳婦不安寧，那兒子就驚動了哇哇哭。他並且做了準備，如果白承禮出來打他，他便和白承禮對打，白承禮即便把他打成血頭羊，他仍要撲著和白承禮打。可是，安生到白承禮家院門口，院門上竟沒有了絲羅，門還大開著。三更半夜的院門沒關，說明他白承禮出來過。正思謀進院去直接罵他白承禮是賊，還是先尋找蕨根，捉賊要捉贓，院子裡卻有了哭聲，且響起腳步聲。安生閃在了對面房的陰影處，看到走出來的是白承禮和賀新才。白承禮提了個藤條籠子，籠子裡鋪著稻草，稻草上放了一個裹著什麼的布包。白承禮呼哧呼哧地還在哭，說：別人家的娃娃得了四六風能活，我娃娃就沒了?!賀新才在安慰：總有治不好的病啊，他活該在世上就五天。罷了，承禮，哪個瓜蔓上沒幾朵謊花？安生聽出來，這是白承禮的兒子得上四六風，死了。心裡一驚，差點在陰影地裡叫出聲來。四六風是嬰兒生下來的第四天或第六天，中風抽搐，有的經整治還能活下來，有的如何整治也是沒救。安生曾聽娘說過，他就得過四六風，那也是賀新才在他額上扎針，在他腳底抹薑，甚至還把他放在鍋籠裡用艾薰蒸過，他才活了過來。而白承禮的兒子沒能活，這就要和賀新才去葦子灘撂屍嗎？那麼，前半夜一家人都在整治著嬰兒，白承禮肯定是沒時間也沒心情去偷盜吧，安生覺得他冤枉了白承禮。等著白承禮和賀新才跛腳失胯地往巷道裡走了，安生灰不遝遝地回來。

娘還在收拾著那些蕨根，生氣地說：你跑哪兒去了，你咋這麼膽大，天沒明你招惹狼啊！安生說：哪有狼?!娘又說：沒狼也有鬼！安生在水桶裡舀了一勺水喝，水鑽到牙縫裡疼。

※　　※

白承禮把死嬰擱在了葦子灘。村裡凡是死了的嬰兒都是裹一塊破布擱在那裡的。那裡的葦子長得有一人多高，割下來可以當柴燒，但很少有人去割，成群的烏鴉便起起落落，夜裡村裡人都聽得見聒聲。曾經有過傳言，說是宋駝子常到那裡撿拾包裹死嬰的破布，那些破布當然做不成衣服，卻可以撕成條和稻草一起編草鞋，比純稻草編的草鞋要耐穿，而且不磨腳。村裡人因此瞧不起宋駝子，後來奸牛被定為壞分子的時候，沒有人給他說一句好話。葦子灘往北幾十丈外就是河岸，岸上有一片土塄，塄上有十八畝耕地。這十八畝耕地離州河最近卻澆不上水，自包穀苗旱死後一直空著，村革委會決定先犁了種些青菜。

犁地得用牛，可四年來連續的旱災，人沒啥吃了，牛更是沒啥吃，接二連三地死去。牛一死，老孫頭哭成了劉備，村裡人倒高興能分到牛肉吃。分牛肉的時候，男男女女全去了村革委會辦公屋前，場面像是在開會，也像是在趕集，交頭接耳：分到牛肉了是燉著吃還是炒著吃，燉要放些芋頭，炒則要用蘿蔔絲來炒。

老孫頭說啥都不要分給他的牛肉，而別的人為誰分到了牛腱子肉誰又分到了牛百葉爭吵不休，當劈開的牛頭分給了兩家人，兩家人又為分一條牛舌頭大打出手。二十頭牛相繼死了八頭，不能再死了，老孫頭就給村革委會彙報，必須給牛撥些黑豆和包穀來拌料了，但三個生產隊哪裡還有黑豆和包穀給牛吃，各家能出些豆稈、包穀稈作飼料已經很不容易了。老孫頭沒辦法，除了一天三頓把草料鍘得碎碎的，他再能做的就是不讓牛犁地。犁十八畝地沒有牛，好多人和老孫頭論理：牛生來就是犁地的，你不讓牛犁地？老孫頭說：讓牛犁地那肯定又得死好多牛。魚響河說：死了好，吃牛肉。老孫頭罵道：吃你娘個×！魚響河要回嘴，被人拉開了。武主任就提議，這十八畝地人套上繩索拉犁，可以把村革委會儲存的那些紅薯拿出來作補貼。聽說拉犁既記工分還補貼紅薯吃，村裡人都願意。武主任高興地給鄭風旗說：瞧瞧啊！抓革命促生產的熱情這麼高，你寫個報導給公社和縣上麼！可全村人都去，一是用不了那麼多人，二是沒有那麼多犁，更要緊的也是沒有那麼多的紅薯。便立規定：婦女不出工，每家只出一個男的。這其中就有了魚響河、五毛，還有安生和浮水。人還是多，武主任再規定：凡是拉犁的，每人分四斤熟紅薯，不再記工分。浮水就問安生去不去，安生說去麼，去了能吃四斤熟紅薯呀。浮水說他不去了，與其為那四斤熟紅薯，還不如在家靜靜睡一覺。最後只有四十人去了十八畝地，二十人為一組，兩個組輪換著拉動那五張犁，保證一天裡把地犁完撒上菜籽。

前晌到了地裡，原本來時都是吃過了飯的，薛紅星卻說：先吃了熟紅薯再開工，這樣有勁。大家都附和。於是，地頭上支了大鍋，大家全圍著鍋看著紅薯往熟裡蒸。大鍋是從白承禮家借的，但不讓他具體經手蒸。王來銀連放了三個屁，而且是努著放的，毛順老漢說：省些勁，省些勁。拿手在臉前扇風，讓王來銀站遠點。王來銀說：饑屁冷尿麼，饑了屁多麼。不臭，不臭的，吃的炒麵能放什麼臭屁？提起炒麵，每個人每頓飯都會吃炒麵，大家就都不言傳了。

方鎮人嘲笑過團結村的人在家吃炒麵，出門也是腰裡繫個炒麵袋子，是個炒麵客。其實，炒麵真是好東西。沒遭年饉前，團結村做炒麵是講究的，雖然主要原料還是稻皮子、麥麩子、包穀芯子，但裡面絕對要有大麥、黃豆粉。只是這幾年糧食緊缺了，炒麵純粹成了軟柿子拌攪了稻皮子、麥麩子和包穀芯子。這種炒麵可以乾吃，乾吃了嗆口，用麵湯或開水拌成疙瘩吃，吃起來噎脖子。村人的喉嚨越來越粗，樹皮樹葉都能咽，而炒麵咽下去也容易，往出屙卻困難，廁所裡一蹲得半天，差不多的都患上了痔瘡。

紅薯蒸熟了，每人用秤稱兩斤，剩下的兩斤在後晌開工時再吃。吃了兩斤熟紅薯，大家身上有了勁頭，老少搭配著，力氣大的和力氣小的搭配著，三人一張犁，餘下的人就用钁頭刨犁不到的地邊地角。毛順老漢也來了，他胯骨疼拉不了犁，在挖地角，挖著挖著便跪在那裡挖，坐在那裡挖，一邊挖一邊流清涕，不斷地用手捏鼻子甩甩再在褲腰上抹了，嘴裡咕囔：這都是報應，人吃了牛肉人就當牛麼。大家不愛聽他說話，沒搭理。有人在叫飛毛海，安生一看，果然第一組裡就有飛毛海。飛毛海也來了，安生有些吃驚，不是說方鎮公社來人調查飛毛海嗎，他能來就證明他是沒什麼事的，安生不知怎麼就高興了起來。飛毛海是犁地的把式，話不多，腰裡吊個煙袋子，嘴裡叼著煙鍋子。他的煙絲可以給別人，但從不讓別人用他的煙鍋子吸，他嫌棄老孫頭愛把自己的煙鍋子水淋淋地從嘴裡取下來，又讓別人吸，即使把煙鍋嘴在胳膊下蹭一蹭再給別人，他都覺得噁心。但安生害怕飛毛海，不願意走近他，也不敢和他說話。安生，飛毛海竟偏在叫，你把那張犁拿過來。安生拿了犁放在地頭，看了一眼他那雙白多黑少的眼睛，趕忙再跑過來，離他很遠，想：那眼睛是個山羊眼？多虧安生沒有被分配到飛毛海那一組，而是魚響河。魚響河也有些不情願，飛毛海在吼：把繩拴好，套繩是這樣拴的嗎？安生可憐了魚響河，卻又幸災樂禍：哼，你也知道挨欺負的味道了？給魚響河了一個笑。魚響河沒看見，在老實地把繩拴到犁上，屁股上還被飛毛海踢了一下。

白承禮、劉鐵栓、來生運合夥了一張犁，白承禮和來生運為撐犁而爭吵起來。白承禮技術好，理當撐犁，來生運卻說他身體不好，頭暈，不能拉繩。劉鐵栓生了氣，給一隊隊長齊在家說：這還怎麼犁呀？換人，換人！齊在家把已經挖起地角的安生喊過來，頂替了來生運。白承禮就在後邊撐犁，劉鐵栓和安生在前邊拉繩。安生分配到這個組，白承禮並沒說啥，劉鐵栓還是有意見：走了個懶的，來了個沒力氣的。安生頂撞：你咋誰都彈嫌?!劉鐵栓說：你把你那根繩拉緊，吃的都是一份紅薯，讓我擔沉啊？安生說：你生了四個娃分的還不是大人一樣的口糧？劉鐵栓確實是有四個孩子，一個比一個只大兩歲，他生那麼多就是分的口糧多而孩子又吃得少。安生這麼說著，心裡還想到：四個娃如果都吃奶，一邊兩個，那他媳婦就是母豬啦？安生沒有說出口。而安生和劉鐵栓頂嘴，白承禮一直沒吭聲，時不時扭頭朝河畔葦子灘看，犁就撐不穩，不是一會兒鏵插土太深了拉不動，就是一會兒鏵又插土太淺，從地皮上滑過去，重新再犁。安生知道白承禮一定是想起了自己死去的嬰兒。唉，那嬰兒被撂在了葦子灘，雖然宋駝子在學習班裡，但那裹身的破布沒有再被別人剝了去嗎，那屍體會被狼吃嗎，沒有狼也有鷹呀，或許讓螞蟻一點點地噬了。安生不再說話，拚了勁地拉繩，頭幾乎都要勾到了地面，那不是在拉，是拱，像豬一樣往前拱地。

犁了幾個來回，第一撥人歇下來，第二撥人接著犁。歇下來的人橫七豎八倒在那裡喘氣，然後拿了煙鍋子吸旱煙，飛毛海跑去地塄邊的那些楊樹背後拉便。飛毛海半天不出來，別人喊：你是害怕我們吃你的煙絲嗎？你屙井繩！飛毛海還是沒出來，倒發出哼哧哼哧聲。這聲音如是人打哈欠，一個打哈欠了，在場的所有人都會打哈欠，更多歇息的人就覺得腹部下墜，也想屙，一個接一個都去了楊樹後。而孫立梁還在那裡，嘴裡低聲罵什麼。安生說：孫叔，你不去屙嗎？孫立梁說：人沒尾巴比驢還難認。安生嚇了一跳：你罵誰的，叔？我罵我哩，孫立梁說，還唾了一口，但唾出來的痰有涎線，涎線又貼在下巴上，再罵道：狗日的，我不就是去學習班了一趟，倒像是我虧欠下他們了！孫立梁是個大鼻子，大得好像把嘴都壓著了，他在拉犁時似乎與大家不合群，他們去拉便了也沒有喊上他。孫立梁在嘟嘟囔囔，安生接不住他的話。一隻鳥飛來停在犁溝裡，那是一隻紅嘴白肚子鳥，安生手裡沒有穀穗子，把牠叫不到身邊。

楊樹後發出奇異聲音，而且時不時夾雜著呻吟和叫罵。岳發生在喊：安生安生，你來！安生循聲過去，一棵楊樹下蹲著的馬接續在給他笑。那不是笑，是馬接續在努著勁兒，努得一臉的皺紋，看著像笑。安生說：咋哩？馬接續說：屙不下麼，我自己摳得流血了還是屙不下，你給我掏掏。馬接續待他那麼凶的，倒來求他，這讓安生沒有想到。我不會掏呀，安生說，讓他們給你掏麼，人呢，不是都過來拉便了嗎？馬接續扭頭示意著另一排楊樹，安生再往前走，隨腳把地上一個柴棍兒踢給了馬接續。走到了那一排楊樹後，安生看到了最噁心的一幕：十幾個大男人褲子全褪在小腿彎處，撅著屁股，相互用樹棍兒掏肛。被掏的人有的在噭噭地叫，有的在嗞嗞地吸氣，掏的人則小心翼翼，一點一點往外剔著糞渣。看到了安生，說：再尋些柴棍兒。安生在地上撿乾樹枝，折斷成一小截一小截的，分散給他們。而第一棵樹下的馬接續發出了歡呼聲：終於成功了！把他的，咱活成羊了！安生返回來，看到馬接續屙下的像羊糞蛋，用腳踩踩，比羊糞蛋硬，像是算盤子。

這時候，馮開張背著手來到了十八畝地。

※　　※

馮開張從學習班來的，他給滿頭大汗還提著褲子的二生產隊的隊長曹頭柱說了一件事，曹頭柱好像不感興趣，直搖擺手。馮開張就又去和挖地角的毛順老漢說話。／那裡咋又死人啦？／死人正常麼，學習班和醫院一樣，就是死人的地方，何況都是些牛鬼蛇神。／唉，唉，學習班能把人往死著打，學習班咋自己不埋？／先前都是學習班裡的人埋的。現在管理人員少麼。我是受冉組長的指示才回村找人的。／你咋不給武主任說？／我還沒回村，看到這邊犁地就過來了。／你找過曹頭柱啦？／他是隊長，得經管犁地的，還是讓你老落好麼。／落好？你是讓鬼尋我的不是呀，我不去。／你不去，給一元錢哩你不去？／給一元錢？……那得叫個有力氣的。／毛順老漢往地裡看，換班的人把犁拉到了地那頭，拉便的人已陸陸續續回來，他便喊叫岳發生。岳發生過來，毛順老漢說：埋人呀，你去不去？岳發生說：埋誰？毛順老漢嘰咕了幾句，岳發生說：就咱倆？你腰不行。毛順老漢說：那把魚響河叫上？馮開張說：那是孩子，能行？毛順老漢說：解放前咱這兒過紅軍，那都是些十五六歲的孩子，就是這些愣頭青打起仗來不怕，槍林彈雨中往前衝哩！便把魚響河也叫過來。魚響河一聽蠻高興，說：我就煩犁把式！人說好了，毛順老漢就讓馮開張走，說後晌了他們就去學習班拉死人。馮開張說：人都快臭了，現在回去拿上钁頭、鍁了就去。三人起身離開，安生卻跟著。岳發生說：你這是幹啥？安生說：我也有力氣。魚響河倒同意：叫上叫上，你們做大人的動口指揮，我和安生動手出力麼。曹頭柱見狀，讓劉鐵栓去給飛毛海拉繩，空下一張犁了把挖地邊地角的人再重新組合。

毛順老漢讓岳發生和魚饗河回家拿钁頭、鍁，岳發生突然想到後晌開工肯定趕不回來，便去蒸鍋那兒討要剩下的兩斤紅薯。管著紅薯的曹頭柱不給，兩人爭執起來，魚饗河和安生也過去給岳發生幫腔。馮開張說學習班的事是政治事，政治為先，何況埋人比拉犁還要出力大，紅薯應該給的。曹頭柱便給四人各稱了兩斤生紅薯。岳發生說：紅薯蒸熟分量就輕了，熟紅薯是兩斤，生紅薯也兩斤？但曹頭柱堅持一兩都不多給。岳發生罵罵咧咧走了，魚饗河和安生也不再多說，跟著走了。

去了學習班，安生不進鐵柵門，岳發生訓斥為啥不進，安生說他爹在那裡斷的腿，他不願進去，屍體拉出來了，他和魚饗河抬著就是。毛順老漢、岳發生、魚饗河進去抬了筐子出來，安生一看就是抬過他爹的那個筐子。筐子裡的死人個頭不大，穿了四個兜的中山裝，腳上是一雙皮鞋，嘴張著，舌頭伸出一拃長。安生說：人有這麼長的舌頭？毛順老漢說：這是上吊死的。安生這才看到那人脖子上有勒痕。

屍體要埋到尖角梁後溝裡，毛順老漢和岳發生拿了钁頭、鍁，安生和魚響河用一根木棍抬著筐子。毛順老漢和岳發生先是跟在後邊走，嫌有臭味，又走到了前邊。而魚響河個子高，也是先抬在後邊，他和安生調換，說：你硬要來的，你抬後邊。為了體現照顧安生，把筐子繩朝他那兒挪了挪。一路上安生不僅聞著臭氣，更是能眼看到死人的舌頭那麼長，上面還趴著十幾隻蒼蠅。這個是幹啥的？安生說。穿得蠻體面的，毛順老漢說，是個幹部吧。安生說：長得這麼難看的還是幹部？毛順老漢說：人一死都難看麼。路不平，他們走得趔趔趄趄，死的舌頭就不停地動。安生就叫岳發生：岳叔，你摘個樹葉子把舌頭蓋上。路上沒有樹，岳發生在地邊拽了一把枯草蓋了死人的臉，蒼蠅飛起來又落在了草上。岳發生說：讓他夜裡到你夢中去！這麼一說，安生害怕了，把筐子放下來，不抬了。毛順老漢就埋怨岳發生不要胡說話，他劃了根火柴把枯草點著。枯草起了焰，把死人的頭髮也燎著了，再拽一把枯草重新把整個人頭都蓋了，說：火一燎，啥陰魂都走了。

尖角梁後溝裡，有許多小土丘，都是埋著學習班死了的人，每個土丘前栽一塊磚，上面寫著人名。他們尋了最南邊的空地上，岳發生拿钁頭挖出個土坑的樣兒，安生和魚響河接著往下挖，然後安生用鍁把挖鬆的土再鏟出來。土坑有一尺深的時候，就不往下挖了，岳發生說：是不是太淺了？毛順老漢說：馮開張交代不要埋得太深，反正過後人家家屬來了或許會搬屍的。魚響河便抓了筐沿一掀，死人滾落在坑裡了。安生說：你們都歇著吃煙，我來填土。岳發生說：甭急甭急，這衣服好好的，讓我扒下來洗洗還能穿麼。他到坑裡就扒衣服。扒了中山裝上衣，再扒褲子和皮鞋。死人上身還有一件吊帶背心，他也扒了。褲衩是紅顏色的，上邊滿是屎尿，這他不要。毛順老漢是在吃旱煙，說：安生安生，你看看他的嘴，嘴裡有啥沒有？舌頭把嘴擋著，魚響河用樹棍兒把舌頭撥開，再撥上下嘴唇，說：哇，金牙！拾起個石頭一敲，牙掉下來，還拿在手裡看，說：是一顆金牙！安生以為金子都燦燦發光的，這金牙沒有發光，便說：是不是銅的？毛順老漢說：讓我看看。拿了，看牙上沾了土，用草搓搓，再在石頭上磕了磕，裡邊的牙掉下來，只是一個套，說：是銅皮。裝進了自己的口袋。開始填土，岳發生給死人說：別恨我們啊，我們沒有害你，我們把你入土為安。小土丘堆起來，毛順老漢從鞋殼裡取出一張字條，字條是拉屍時學習班的人給的，上邊寫著死者的名字，要求在墳堆上豎塊石頭，把死者名字寫上。但毛順老漢不識字，讓魚響河看，魚響河看了說：王敷焱。安生也看了，是個燊字，說：這不叫焱，下面還有個木，應該念深的音。魚響河有些尷尬，倒去撿了個大石頭，放在墳堆前。岳發生卻說他忘了拿粉筆了，學習班的人給他了一截粉筆的，在把這王敷燊往筐子裡裝的時候，粉筆放在旁邊的臺階上忘拿了。沒有粉筆寫字，用小石頭在大石頭上寫，怎麼都寫不上。毛順老漢說：去別的墳頭前拿塊磚，在磚背面寫。安生去了一個墳頭，把一頁磚拿了來，磚上寫著：鞏蘭。這可能是個女的，安生說著，用小石片在磚背面寫王敷燊，然後反覆刻，磚上便刻出了字。岳發生說：王敷燊王敷燊，這你要謝我們哩，你死了還有個女的陪。

返回的路上，毛順老漢把那件上衣和皮鞋留給了自己，他個子高，腿長，那褲子太短，就給了岳發生。魚響河說：那我和安生呢？岳發生說：你們要啥東西，能讓你們來看個稀罕就可以了。安生說：不給就不給，那錢呢？毛順老漢說：什麼錢？安生說：我聽馮開張說給你一元錢的。毛順老漢說：錢肯定沒你們的份。這樣吧，把皮鞋給你們倆，一人一隻。魚響河眼睛唬起來了，說：一人一隻，那是穿呀還是看呀？皮鞋我不要啦，我磕下來的牙，我要那個金牙！毛順老漢說：銅的，銅皮！魚響河說：我就要銅皮！毛順老漢只好從懷裡取出那個牙套給了魚響河，魚響河就給安生說：皮鞋歸你，你爹是教師，他可以穿。

※　　※

我把皮鞋拿回家給爹，爹沒有接，只看了一眼，低頭吸他的水煙鍋。爹已經能靠著炕頭的鋪蓋捲兒坐起來了，但他仍是黑著個臉，和我不說話，也和娘不說話。吃飯是娘把飯端到炕上，他要大小便了，讓娘攙扶著去廁所，除此，他只要醒著，便是坐在炕上吸水煙鍋。臥屋裡總是煙霧騰騰，像起了火，他就像是火中燒焦的柴頭。我和娘一進去就咳嗽，爹卻從不咳嗽。村裡的男人們都吸煙，但用的是旱煙鍋，惟一用水煙鍋的只有爹。那是一柄白銅製作的水煙鍋，樣子十分精美，還配有煙盒、煙釺、煙哨和煙哨鏈子。以前爹從學校回來，常常坐在中堂的八仙桌前吸，或者端了在巷道裡一邊走一邊吸。吸水煙得有清閒時間，更得有紙媒，紙是特種的棉紙，方鎮上才能買到。把棉紙搓成捲條兒，點著了，噗地一吹，起一朵小小的火焰，火焰在煙哨上來回地燎，燎著了煙絲，再噗地一口氣把火焰吹滅，一鍋子水煙便呼呼嚕嚕吸起來。過一頓煙癮，得不停地在煙哨裡裝煙絲，紙媒吹起火焰又吹滅火焰，要用完一捲條兒。現在，爹沒有紙媒了，他在炕頭點著一個煤油燈，旁邊放一根木棒和一把小刀，用小刀從木棒上削下一片木花子，在燈上引著了來點煙。而娘在火爐子上熬上了中藥，又給爹換腿上的藥膏，偶爾碰著了傷口，爹是一呲嘴，發出一聲恨來。我把皮鞋放在了炕沿上。娘說：哪兒來的皮鞋？我說：是毛順爺給的。娘說：他哪有皮鞋？就是有，能給了你？我說：他是從學習班弄來的。娘說：學習班？學習班咋會弄來皮鞋?!爹在這時狠狠地吸煙，煙霧又罩了屋子，突然就吼了一聲：出去！都給我出去！這聲音歇斯底里，非常恐怖，娘趕緊拉我出了臥屋，爹把皮鞋扔出來，就砸在了我後腿彎上。我也委屈地火了，一腳再將皮鞋踢出了上房門。

在院子裡，我的氣還未消，娘悄聲地問我話，而一直安靜的青蛙就叫起來。

／你給我說實話，這皮鞋到底是咋回事？／學習班裡死了人讓我們埋，從死人身上扒下來的。／死了人？扒死人身上的?!／是岳發生扒的，別的東西他們拿了，這鞋他們穿不了，給我的。／那死的是啥人？／名字叫王敷燊，不知道是幹啥的。／肯定是被送進去的，可憐就死了，他死了你們還扒他的衣服?!／我從窗臺上拿了那把斧頭就要剁皮鞋，娘來奪斧頭，沒有奪過，她把皮鞋拿走了。而一隻蟲子卻飛來落在那裡，綠頭黑翅，腿上帶著鉤，我以前沒見過這種有殼的蟲，一斧頭下去砍成兩半，竟然沒有流血。娘嘟囔著這皮鞋六成新的咋能剁的，一邊讓我去吃飯吧，一邊從灶膛掏了灰鋪在臺階，把皮鞋放上去。這要敞敞屍氣的，她說，鍋裡有菜糊糊，煮有你愛吃的黃豆哩。青蛙又不叫喚了。我沒有去吃飯，走出了院門。

※　※

安生不知道該往哪裡去，想著魚響河拿了金牙套回家，他爹他娘會不會也嫌晦氣？但安生不願見魚響河，順著巷道往東走到他家院門口了，就走過去，再掉頭從另一個巷道往南走。離水泉不遠了，去洗個臉吧。轉過一個巷頭就是水泉了，而巷頭這邊的石碾盤上，浮水和他娘正在碾紅薯乾蔓。

秋裡收了紅薯後村裡人會把紅薯蔓曬乾，這原本是給豬做飼料的，這些年沒了豬，就把乾蔓揉碎，用鍋炒了，再上碾子碾成粉，攪到包穀麵裡做糊糊。但所有人家把去年的紅薯乾蔓早碾過吃了，而浮水家竟然還能保存到現在。

安生看到浮水和他娘推碾子的時候，浮水正嘴噘臉吊地置氣。他娘是碾過了一背簍揉碎的乾蔓，又加上一背簍揉碎的乾蔓，浮水就不願意再碾了，說他睏，腿上沒勁。他娘說：誰都睏得身上沒勁呀，我要一個人能碾我就碾了。你捉住碾杆跟著走，多少給我幫個手，碾完這一背簍就不碾了，要碾也沒啥碾了。他娘撅著屁股推碾杆，浮水就真的捉住碾杆跟著走。走了幾圈，又說：我頭暈。頭暈是眼睛看著轉圈了，他娘把自己頭上的帕帕取下來蒙住了浮水的眼。浮水說：戴暗眼呀，我是牛？拽了帕帕，站著不動。安生過去幫著推碾杆，浮水不好意思了，就也推。三個人的力氣比兩個人的力氣大，碾滾子覺得輕起來，也轉動得快，撥枷發出咯吱咯吱聲，像在說話。撥枷在說話，肚子裡也在說話，安生一時分不清了誰在說話，來時的氣消了，而且覺得有意思，想給浮水提個問題：撥枷和肚子在說什麼話呢？浮水娘卻在說：瞧安生多好！你爹回來啦？安生說：嗯。浮水娘說：我也沒去看望你爹，還好吧？安生說：不好，腿斷了在炕上躺著。浮水娘哦了一下，卻說：躺在炕上總比沒了人的好。安生沒再說話，而浮水娘頭一低，幾顆眼淚滴在地上，立即用帕帕擦臉。三個人抱了碾杆無聲地推，推了一圈又一圈。浮水腿一軟，跪在了碾道裡。浮水娘說：歇下歇下。讓安生和浮水都坐在地上歇，她把碾盤上碾過的蔓節積起來，用絲羅在笸籃裡篩粉。她手指上戴著頂針，絲羅在羅床上來回拉動，頂針就有節奏地叩著羅幫，當當當地脆響。笸籃裡篩下了一堆細粉，浮水立即爬過去抓了一把塞在嘴裡。他娘說：饗不饗？浮水說：饗。他娘說：也不給你安生哥吃？浮水扭過了頭，說：你來，你也吃！說著話，嘴裡的細粉就噴出來，像是噴煙。安生也過去吃了一把。乾紅薯蔓粉入口苦苦的，但嚼一嚼，後味倒甜。安生和浮水吃起來就停不下來，浮水娘就不篩了，看著他們在吃，說：不急，別嗆口了。細粉不嗆口，只是吃了幾把就噎得不行。

浮水梗著脖子去水泉裡要喝水，安生也跟了去。

碾盤子左邊是周上榜家的房，房後是村裡最高的一道墹，墹上的巷道就住著來生運和五毛，而墹壁上常年有滲水，用一個石槽子插在那裡，指頭粗的一股水就日日夜夜流下來。下邊有三個池子，一個比一個低，池子裡的水分別是飲用的，淘米洗菜磨芋頭的，洗衣服的。浮水已經彎腰扭頭，用口在石槽下接著水喝，喝得太猛，他娘在遠處喊：別激著，別激著！浮水便撿了片樹葉，折個斗狀，要在上邊的池裡舀，而下邊的池子裡背身蹲著一個人在洗衣服。安生定睛一看，果然是飛天。

安生沒有想到飛天就在水泉，他一下子興奮起來，卻隨之慌張。當浮水在叫著你來喝呀，他竟然做出了連他在事後都覺得匪夷所思的舉動：拾了個石頭咚地丟到下邊的池裡，騰起來的水花濺了飛天一身。飛天抬頭見是安生，憤怒地瞪著眼睛。安生這樣做或許是想引起飛天的注意，或許要表示親近，如同男人們久別重逢互相戳拳頭一樣。但是，飛天憤怒起來了，他趕忙說：我不是故意的，石頭沒拿住，沒拿住掉下去了。那一瞬間裡，他又多麼喜歡了她那驚慌失措的樣子，喜歡水濺濕了她的褂子，那褂子藍底白花多漂亮啊，喜歡她瞪圓了的杏眼，那鼻梁間的雀斑也那麼好看。他等著她罵，讓她罵，而飛天到底是一聲未吭，拿起衣服離開了。安生有些失落，倒後悔自己的莽撞，是惡作劇，是流氓行為，便羞愧得把頭塞在石槽下喝水，水沖了他一臉一脖子。

再次推碾子，差不多就要推完了，浮水的肚子疼，跑去了右邊那個廁所。安生還在笑話：才吃了你就屙，那不白吃了？他自己的肚子也不舒服起來。不敢動，站著感覺了一下，還是不行，站在廁所門口說：你快點，你出來了我上。手就先解褲帶。他的褲帶是用布條擰成的，結成了死疙瘩，一時解不開。越急越解不開。他掉頭就往家裡跑，剛進入另一個巷道，終是夾不住了，一邊跑一邊拽褲帶，褲帶拽斷了，一股子稀糞就往出流，剛一鬆勁，稀里嘩啦全下來。幸好巷道裡沒人，忙抓了一把柴草在襠裡擦，擦完了還不乾淨，再抓一把土在上邊蹭。突然撲啦啦一陣響，一隻雞飛起來。那雞害了什麼病，脖頸上全然沒了毛，卻還能飛起來。而太陽還照著，竟啪啪地下起了雨。

※　※

越是沒吃的，越是吃得多。那些年裡，村裡人是這樣，我更是這樣，每頓糊糊都要三大碗。而吃得多我的肚子並沒有大起來，睡在那裡了，肚子就陷下去一個坑，覺得一頭牛都能吆進去。自養了青蛙，奇怪的是肚子一天天大了，三生產隊隊長王上戶笑著說我肚子像個鼓：你這形象是沒給社會主義抹黑啊！但我渾身都在瘦，比以前更瘦，只是肚子大，想著可能是我養青蛙，青蛙肚子大，我的肚子也大了？而後來我觀察青蛙，青蛙是在叫喚的時候，脖子變粗，肚子特別大，我得出的結論：青蛙之所以愛叫喚，是牠肚子裡生了氣。那麼，我形體像個青蛙，那麼大個肚子，肚子裡裝的不是吃食，是一肚子氣啊！

天開始下雨，這是整個夏天唯一的一場雨。下了一個飯的時辰，下得沒了太陽，下得天低下來，望春樹都能戳著。村裡所有的人，還有那些幾隻雞、幾隻貓，甚至老鼠、蛇、蝸牛和蚯蚓，都跑出來在雨地裡。但人們又罵天把雨下得太晚了，除了對十八畝地撒下的菜籽有益外，對於已經長癟的包穀穗子、豆角莢子，以及發蔫的茄子、葫蘆、辣椒，不起了作用。

許歡喜家的後屋簷淋塌了一角。張百從家院門口的那壘胡基被泡倒了，成了一堆泥糊。巷道裡的流水灌進了來生運家的糞窖子，溢出來又漫流在巷道裡，就到處漂了糞便。而史寡婦的一雙鞋在水裡沖走了，她在喊：誰拾到我鞋了？尖錐的聲從這條巷道傳到那條巷道。

我家的柴棚裡開始漏雨，先是往下滴點，後是越滴越大，滴成了線。我搭了梯子往屋頂上苫稻草，娘喊著小心呀小心，我說摔死了算了，她變臉失色地讓我打嘴。我不打，她在下邊用整個身子穩住梯子。我苫好了稻草偏還不下來，站在那裡了，看到了遠處的州河，河面上的天鵝。從梯子上下來了，就去地窖裡睡覺。

我夢到了天鵝。我在夢裡還說：在柴棚頂上才看到州河灘上的天鵝，夢裡便有天鵝了？真的還就是小學課本上那篇文章的情景：一隻青蛙口銜了木棍，兩隻天鵝抓著木棍的兩端，從澇池裡起飛了。牠們在天上飛呀飛呀。青蛙看到了更遠的地方，看到了地面上更多的東西。青蛙在給天鵝說：謝謝你們！我又能為你們做些什麼呢？可是嘴一說話，青蛙掉下來。往下掉，一直往下掉，我就醒了，驚魂未定，出了一身的汗。坐起來想著夢境，我不知道這有什麼預兆，又是在暗示著什麼？但我是哭了，哭泣中隱隱約約聽到了喇叭聲，似乎是武主任又在通知著開會。

※　　※

這一天，鄭風旗噴印完了橫巷裡所有人家門扇上的毛主席像後，在龍松樹下拉二胡，圍觀的人都在鼓掌。安生經過鹼畔，聽見了，停下來，說：這是推碾子哩，還是在扯鋸？而當白承禮過來，偏要唱一段《沙家浜》的「十八棵青松」，那唱的根本不黏弦，安生卻喊：唱得好！氣得鄭風旗拾起個土坷垃從下往上朝著安生打，安生竟然能用手接了，再要往下砸他，董棉花在叫：不敢砸，下邊人多你砸著誰呀！安生的耳朵同時被提起來，乜眼一看，身後站著了武主任。武主任鬆了手，說：這碎慫，滾！

武主任永遠穿著件又寬又長的對襟白布褂，不繫鈕釦，呼啦呼啦，走路帶風。和他一塊來的還有一個人，穿著中山裝，胳膊下夾著個黑皮包，安生不認識。武主任往鹼下的人群裡瞅，瞅住了薛紅星，說：紅星，你見著飛毛海了沒？薛紅星說：兩天沒見了，聽說他是病了，在家背炕坯哩。武主任說：你把縣上來外調的這位董同志領去他家。薛紅星說聲好，沒有從不遠處的鹼下到鹼上的臺階上走，而是長胳膊長腿從龍松的鹼坡往上爬，然後領著那位董同志去了南邊巷道。武主任說了句：閑下來唱唱革命歌曲好，繼續唱，繼續唱。轉身往他的村革委會辦公屋去了。

龍松樹下卻沒有繼續唱，鄭風旗也不再拉二胡，全在驚訝著外調的事。先前來外調飛毛海的是方鎮公社的人，不是飛毛海已經沒事了嗎，怎麼又來了縣上的外調人？有人就問鄭風旗和董棉花：你們是村革委會的人，這是咋回事？鄭風旗搖著頭，董棉花也一臉懵懂。我知道！馬接續卻說：當年死的是遊擊隊的偵察員，偵察員能平白無故地就死在咱村口嗎？經事人都過世了，只剩下飛毛海了麼。李萬安說：就算飛毛海知情，那也不等於飛毛海把人弄死呀？馬接續哼哼起來：你又怎麼證明不是他弄死的？你還講究在學習班幹過?!錢生櫃說：這啥意思？馬接續瞧不起錢生櫃了：啥意思，階級鬥爭呀，那豬屙的狗屙的都是你屙的！李萬安說：這種話可不敢亂說。好多人便應聲：是呀是呀，這等於挖人家祖墳，把人家娃往井裡扔呀，再有仇有恨，不敢說這話！馬接續說：這我咋是瞎說的，來外調的不是由鎮上提升到縣上了嗎?!他這一說，大家不置可否，一時面面相覷。鄭風旗把二胡夾在胳膊下，起身拍拍屁股上的土，走了。所有的人也就起身，說：回，回，回。哄地全散了。

安生恨著馬接續，他在鹼畔上小聲說：你放屁，烏鴉嘴！跌一跤，跌一跤。馬接續走到上鹼畔的臺階上，真的一腳踏空，一個前蹌，嘴碰在臺階石稜上，一顆牙磕斷了，一陣罵，撿了斷牙往附近的房頂上扔。

劉鐵栓從橫巷裡過來往家去，手裡提了從自留地裡摘的北瓜。劉鐵栓走路是內八字，安生覺得樣子有趣，也就跟過去在後邊學著走。劉鐵栓一回頭，說：你是不是看上我的北瓜啦？安生一時沒反應過來。我不吃瓤子了，劉鐵栓說，午飯後了你來我家，給你爹拿去敷傷。安生沒想到劉鐵栓待他好，感動得有些語無倫次，說：啊叔，鐵栓叔。他看見劉鐵栓穿了件細洋布褂子，天太熱，褲子汗濕了，屁股那兒夾出一條縫，就動手拽出來。劉鐵栓嚇了一跳：你幹啥？安生說：我給你拽拽。劉鐵栓罵了一句。

安生回到家來，娘剛熬過了藥，端著藥砂鍋到十字路口倒藥渣。安生替娘去倒，娘叮嚀一個療程的中草藥熬完了，倒了藥渣，再把藥砂罐送還給來生運家。村裡有藥砂罐的人家少，風俗是砂罐可以借用。但用過了，藥渣要倒在十字路口讓人踢踏，就把病也踢踏走了。而送還砂罐卻不能直接拿到人家家裡，那樣有給人家送病的意思，只能放在人家門前。安生去了來生運家，把藥砂罐放在了院門外的石頭上，正要喊來生運，卻見斜對面史寡婦家院門開了一道縫，有人忽地擠出來，背著身飄走了。安生覺得那背影像張百從，而來生運端著飯碗出來，他忙說：生運叔，藥砂罐我就放在石頭上了。來生運說：知道了。來生運沒有說：你吃了嗎？安生想，這人小氣，連一句客氣話都不說！扭身走出了巷道，還想了一下那背影是不是張百從，就又想著這裡離劉鐵栓家不遠了，趁機去劉鐵栓家拿北瓜瓤子。走了兩步，猶豫了：劉鐵栓臨走時罵了他，是去呀還是不去？再想：劉鐵栓不是來生運，說要給北瓜瓤子的，不至於就反悔。這就去了劉鐵栓家。

劉鐵栓家院門半掩，正要進去，裡邊有人說話，一聽聲是劉鐵栓和周上榜。／這當然划得來呀，安生他爹當老師的時候，大衣裡就縫的是羊毛，你說值錢不值錢？／但這只是個背心麼。／可四個紅薯麵饃饃才值多少錢?!／嗯，嗯。／我不尋別人要尋你，還不是咱兄弟親嗎？／紅薯麵饃饃在往年是不值錢，可你要餓死呀多少個金子銀子能抵住一個饃饃？／這倒也是，所以人家才肯把東西托我帶出來麼。你行不行，不行了我尋別人去。／行吧，我給你拿。／一會兒，周上榜出來，光著膀子，右胳膊上搭著褂子，褂子下鼓鼓囊囊著一個布包兒，看了安生，愣了一下，但沒說話，碎著步子走了。

劉鐵栓已把北瓜切了在鍋裡蒸，瓜瓤子果然還放在案板上。安生說：以後我會報答你！劉鐵栓說：你咋報答呀？安生說：我讓我娘給你蒸四個饃饃，麥麵白饃饃。劉鐵栓臉變了：你看見周上榜用羊毛背心和我換饃饃了？安生點點頭。劉鐵栓說：這事不要給別人說，說了別人以為我家還能吃到紅薯麵饃饃。再說，傳到學習班，帶累周上榜和那個人的。安生說：這有啥的，早就有人換的，我還弄了一雙皮鞋哩。劉鐵栓睜大了眼睛。／你也有一雙皮鞋?!／一雙皮鞋，六成新的。／哦。皮鞋你爹能穿，我哪裡是穿羊毛背心的人？我之所以換，想拿到山裡再換些糧食。／好呀叔，你幾時換了叫上我，我也把皮鞋拿去換糧食。／劉鐵栓高興了，擰了一下安生的耳朵。

※　※

日子一天天過著，天天都在折磨人。今年旱地裡的包穀肯定比去年還要減產，而河灣水田的稻子還行，但收割還得一段時間。就在秋莊稼快熟又未熟的時候，生活最困難，有些人家幾乎要斷頓了。他們只好提前把自留地的包穀穗子掰了，穗子三分之二結著籽，籽還嫩著，用指頭能掐出水，三分之一沒結籽，上面有稀稀的鬚子，像是老年人的頭頂。他們把穗子拿回來，剝了包皮，包皮曬著，曬乾了還可以磨粉，而籽摳不下來，連同穗芯子一塊上碾子軋，軋成糊狀，就在家裡做糊糊吃了。

五毛家做了一頓漿粑，就是把碾軋出的糊狀直接貼在鍋裡烙成了餅。五毛拿了漿粑在巷道裡吃，那清香氣立即惹得別人的肚子裡有了無數饞蟲在咬。安生家還有紅薯片子，這是娘不要讓他給別人說的，吃時娘又要他就在家裡吃。但安生出門時總要口兜裡裝幾片，那紅薯片很硬，吃時用牙咬下那麼一小豁，在嘴裡攪來倒去，等紅薯片子讓唾沫浸軟了，才能慢慢地嚼，嚼出香味。但紅薯片子的香比不過漿粑的香，五毛吃漿粑時表情又太誇張，嘴嚅嚅著，整個臉上的皮肉都在抽動，時不時嘴角沾上了一點，伸了舌頭舔，香氣從嘴裡就一股子飄到安生面前。安生說：我給你一個紅薯片子，你讓我吃一口漿粑。但五毛不同意，把剩下的一疙瘩漿粑塞在嘴裡了，還吮了一下手指頭。安生的臉面掛不住，有些生氣。不久，村裡有人在議論五毛娘，說那個女人不會過日子，早早把嫩穗子掰回來那麼胡吃亂喝，瞧著吧，明年二三月春荒了，肯定一家人得拉著棍兒去乞討了。安生沒有替五毛娘辯解。別人由五毛娘不會過日子又說到她窩囊，不收拾屋裡也不收拾自己，出門從沒見過頭上腳上乾淨過，而且愛說話，話又說不到點上，不明事理，胡攪蠻纏，是個麻纏。安生就說：麻纏得像走扇門！

安生盼望著什麼時候劉鐵栓去山裡換糧食了能叫上自己，但劉鐵栓似乎把這事忘記了，每次見到了，他如果心情好，會說：看你這鼻涕！安生常流鼻涕，聽了，吭囔一聲把鼻涕吸了回去。他說：讓你往出擤，你往回吸？安生就把鼻涕擤出來，手在旁邊樹上、牆上或者鞋底上抹，再看他時他卻走了。如果他心情不好了，看見了安生如看見了空氣，理都不理，那額顱上皺一疙瘩皮，像是爬了一堆蚯蚓。

這一天，安生在院子裡看望春樹，看到了樹上的刻字又大了一些，但也有些變形了，就給樹說了好多話，問樹上還發生了什麼事，有著什麼祕密了呢？樹好像能聽懂似的，一根絲就吊下來一隻蜘蛛。蜘蛛是有靈性的蟲子，蜘蛛蜘蛛，應該是知之知之，而安生還是醒不來牠要告訴的意思。院牆上冒出一個人頭，是隔壁南社會的老婆，說：安生，安生，我家的青蛙昨兒一夜咋沒叫喚？安生說：是不是賊進了院子？南社會的老婆說：沒進賊呀，院子裡啥也沒少。是不是個懶青蛙，懶得叫喚了？自己發現了青蛙能看家護院，村裡人都效仿，這是安生最得意的事情，而還有人請教青蛙的事，儼然自己已經是青蛙專家了。安生說：我看看。就去了隔壁院裡。南社會家養了一隻青蛙，青蛙臥在那裡，人走近了沒動彈，用樹棍戳了一下，還是沒動彈。／你給牠餵食了吧？／撈的有魚蟲，還給牠打了幾隻蒼蠅。／可能是年紀大了。／牠也年紀大？我快七十了還在生產隊出工哩，牠就不叫喚了？／婆，婆，最好得養兩隻的……／啊呸！還得給牠尋個老伴？你南爺去了學習班，我就不活啦?!／我南爺這幾天沒回來？／人家都晚上回來哩，拿這樣拿那樣的，他是個憨頭，只會老老實實地燒開水。／我給你新的。／安生把那隻青蛙拿起來裝進口兜，就去了澇池。

走到槐樹巷的巷口，發現巷道深處有人貼身在一家後窗外聽什麼，然後離開了，走到另一家院門口，又附上去從門縫往裡窺視。安生認得是馬接續，就大聲嗨了一下。馬接續從院門口閃開，回頭說：你神經呀，嗨啥哩?!安生不理，仰著頭走。馬接續說：啊裝聾子，你幹啥去？安生擦著他的身而過，就是不理。

到了澇池，放生了那隻青蛙，又逮了兩隻。卻見池邊的柳樹下蹲著一隻青蛙，個頭非常大，雙目光亮，肚子一起一伏。想著把這隻逮住，而大青蛙面前的淺水裡浮著青蛙卵，黏乎乎一大片，每個白色的卵上都有一個黑點，不遠處也有了許多游動的蝌蚪。安生知道那隻大青蛙在看護著牠的兒女，就不忍心逮了。拿著兩隻小青蛙返回來，進了石板巷，那丁字路口上，劉鐵栓坐在一塊石頭上和一個人說話。不知說了什麼話，劉鐵栓苦愁個臉，把煙鍋子在鞋底上鐣鐣鐣地敲。安生經過的瞬間看到他滿是汗的額顱上爬著一隻虱，去捏了，說：叔，虱！劉鐵栓看了一下說話的人，罵著安生避遠！避遠就避遠，安生拿著虱還要再放回他的額顱上，劉鐵栓小聲說：明日我要去北山，你要去了雞叫二遍在村頭標語牌下候著。安生喜出望外，嗯嗯著，就把虱用兩個大拇指甲一擠，擠死了，成了一張白皮，吹一口氣，白皮飛沒了。

※　※

安生給娘說他要去北山弄糧食，娘先是高興：咦，我安生長大了，能操心家裡日子了！卻啪啪拍打他身上的土，把他繫錯的褂子釦解了重新對齊繫好。／你能進山？咋去弄糧食？／劉鐵栓說好了帶我，拿那雙皮鞋換糧食。／山裡人誰能穿皮鞋呀？劉鐵栓帶你？他這幾年倒楣著，他能帶你？／他倒楣有咱家倒楣？／……／你給我烙張菜餅做乾糧。／你不能去！／安生不聽娘的話，悄悄收拾背簍，把皮鞋裝好，給自己準備了一雙草鞋，怕一雙草鞋穿不回來，又拿了一雙半新草鞋。菜餅乾糧也不要啦，在布袋子裡裝了兩碗炒麵。這一夜安生沒好好睡覺，一邊聽著青蛙叫，一邊想著拿回糧食了，要給娘一個驚喜。等到雞叫過了二遍，悄悄出了地窖，為了不讓爹和娘聽見開門的咯吱聲，在門軸上尿了尿，到院裡又光了腳，青蛙也沒覺察，再在院門軸上尿尿，然後拉開門扇就出去了。但是，到了村口標語牌下，劉鐵栓已經在那裡，竟然還有錢生櫃和李萬安。

錢生櫃和李萬安是要去北山砍柴，得知劉鐵栓和安生去山裡要以羊毛背心、皮鞋換糧食，沒有見怪，倒是李萬安後悔自己在學習班的時候，也曾經得到一些衣褲，卻從來沒有想到拿去山裡換糧食。錢生櫃說：羊毛背心是誰拿出來的？劉鐵栓說：是周上榜。錢生櫃說：看著周上榜老實，他狗日的連原子彈都敢倒騰！又問安生這皮鞋呢，安生說埋人時從死人身上扒的。錢生櫃說：哪個死人？安生說：叫王敷燊。錢生櫃想了想，說：哦，我在學習班的時候，這人和你爹在一組的，他是挺能挨的呀！那一次索東輝把你爹和他用銬子銬在窗欞上，站不起來蹴不下去，整整折騰了一夜，你爹都暈過去了，他倒沒事，怎麼這次死了？啊，啊啊，錢生櫃的話使安生一下子驚起來，他不關心王敷燊是怎麼死的，就問：索東輝打我爹？索東輝是誰？錢生櫃說：原是方鎮教育專幹，在學習班裡當了個領導小組成員。我×他娘！安生一拳砸在身邊的標語牌上。劉鐵栓說：你這是想把標語牌砸個洞呀?!標語牌上沒有出現洞，安生的拳頭卻出了血。劉鐵栓讓安生把傷口捂緊止血，安生就掏出尿尿在手上。尿能止血，他甩甩手梗著脖子朝前走了。

月亮底下走了二十多里地，天露明到了北山瓦房寨。瓦房寨有十多戶人家，卻分散在一個山窪裡，劉鐵栓決定就到這些人家去交易，而錢生櫃和李萬安還要往溝深處走，他們便分了手。

瓦房寨沒有水田，麥地也少，地又都是席片大小一塊一塊像掛在坡上。但這樣的席片地多，倒是能長包穀、芋頭和各種豆類，並且溝溝岔岔、坎坎畔畔還可以刨出雞窩大一塊種瓜果菜蔬，是比州河川道裡富裕。以前團結村的人會拿上碾好的大米和棉花來換他們的包穀和芋頭，而直接拿了衣物來換還沒有。劉鐵栓和安生從籬笆上拔下兩根木棒拿著，一邊防著狗一邊上門問人家換不換衣物。聽說換衣物，瓦房寨人感興趣，可拿出了羊毛背心和皮鞋，他們說東西是好東西，只是這東西太貴氣了：我們是啥身子呀，能穿了這些?!便指點寨子最北頭的那家，男人是全寨唯一吃公家飯的人，他或許能穿得出門。劉鐵栓和安生再去了寨子最北頭，果然那三間瓦房前晾著一件紅衛服，一個婦女在屋裡的桌子上拿著盛了開水的搪瓷缸在一件褲子上來回移動。問這是在做什麼，她說給她男人熨褲子哩，把褲子熨出稜線了穿上體面。再問她男人在哪兒工作，她說方鎮公社革命委員會的呀，明天星期天，該回來啦。又要問是革命委員會的主任還是委員？她說她不懂那些名稱，聽她男人說是通訊員。劉鐵栓把安生拉到一邊。／恐怕不行。／咋不行？／她男人僅僅是通訊員。／啥是通訊員？／就是給領導們掃地，端洗臉盆，送信，跑個小腳路的。／那女人把熨好的褲子掛起來，卻在問劉鐵栓、安生是進山砍柴的嗎，便開始埋怨從州河川道來砍柴的人不願往溝腦裡去，常常就偷砍寨子後山上的樹。你們不是謀算砍我們的樹吧，她說，寨子裡專門有了護林員，發現了就抓，抓住了收沒背簍收沒斧子，還往死裡打哩。劉鐵栓說：我們是來用衣服換糧食的。那女人說：啥衣服？拿出了羊毛背心和皮鞋，她眼睛一亮，叫道：這我男人都能穿麼！

經過了長時間的討價還價，初步達成羊毛背心可以換十五斤包穀或二十斤黃豆，皮鞋可以換八斤包穀或十斤黃豆。到底是換包穀還是換黃豆，劉鐵栓拿不定主意。劉鐵栓沒主意，安生也就沒了主意。那女人舀了酸菜甕裡漿水給一人一碗。正喝著，聽到溝道裡李萬安和錢生櫃在喊劉鐵栓，劉鐵栓就出去見他們。過了一會兒，劉鐵栓回來，卻對那女人說，剛才交換的條件不行，羊毛背心得換二十斤包穀或二十五斤黃豆，皮鞋得換十斤包穀或十三斤黃豆。那女人說：你是搯天話了，咋能換那麼多！劉鐵栓就在說，看到這羊毛的三道捲了嗎，這是距咱這兒成千上萬里的寧夏才出這種羊毛的。看到這背心面料嗎，嘰嘮呢，一尺都貴得很！再看這皮鞋，八成新吧，鞋頭鞋跟都沒磨損，你把褲子熨得有稜起線的，配穿啥鞋，草鞋布鞋還是膠鞋？只能配皮鞋麼。穿皮鞋從路上走，留下的鞋印都不一樣啊！那女人再次把羊毛背心拿上，低了頭看，舉起來照著太陽看，又把臉偎上去試著柔軟。這時候，有了什麼響動，女人停下來聽，說：啥在響？劉鐵栓說：沒啥響。你們這裡有啄木鳥吧？女人又拿了皮鞋，拃了指頭量，又自己脫了布鞋來穿，她腳小，穿進去後跟空出二指，說：我男人腳就比我大二指的，這不是啄木鳥的聲啊。劉鐵栓說：那就是溝河裡誰打棒槌洗被單吧。女人把羊毛背心和皮鞋放下了，說：不至於能換那麼多糧食！羊毛背心還是換十八斤包穀或二十斤黃豆，皮鞋就八斤包穀或十斤黃豆。劉鐵栓再一番爭取，說：這樣吧，我往下壓點，你往上抬點，總得讓買賣做成麼。羊毛背心十九斤包穀或二十三斤黃豆，皮鞋呢，九斤包穀或十一斤黃豆。女人思忖了一會兒。行吧，她說，起身去裡間屋提了一籃子包穀一籃子黃豆，再去取秤時，劉鐵栓說：有芋頭嗎，我們如果換芋頭，能換多少？女人說：到底是包穀、黃豆還是芋頭？又是一陣刷啦啦響。女人在問：這是啥倒啦？劉鐵栓說：起了風啦，還是要芋頭，一斤黃豆頂三斤半芋頭，羊毛背心是二十三斤黃豆，我算，二十斤是七十，加上三斤七，七十三斤芋頭。女人說：那不行，那不行，哪有一斤黃豆頂三斤半芋頭的，最多算三斤。她嘴裡嘰嘰咕咕，心裡算著，又扳指頭，算出是六十六斤。劉鐵栓還強調給七十斤，女人堅持六十六，最後就六十六斤。以此價，皮鞋換芋頭二十七斤。女人從屋角的甕裡往外出芋頭，還在說：這麼一大堆呀！芋頭裝進了背簍，劉鐵栓說他去上廁所，出去了一會兒回來，兩人就各自背了芋頭離開了那家，劉鐵栓回頭向那女人搖手，說：今日真的吃虧了！

到了溝道裡，又轉過一個崖腳，路上卻是李萬安和錢生櫃，他們已經從溝腦回來了，每人掮了一根椽。那不是椽，是新砍的碗口粗的紅椿木樹。安生還在奇怪他們怎麼掮這麼粗的樹，李萬安和錢生櫃對著劉鐵栓嘿嘿著笑。／鐵栓，多謝你啊！／咋謝呀，把這木頭賣了給我分些錢！／不賣木頭的，扯成板，孩子結婚時做個箱子。但要謝你呀，回去萬安從他自留地給你摘這麼大個北瓜，我也摘這麼大個北瓜！／錢生櫃用手比劃了個大圈。李萬安說：你咋能比劃那麼大的？劉鐵栓說：狗日的都是些啥人麼，給我空比劃個圈兒你還嫌大?!李萬安又是一陣嘿嘿笑。安生聽得一頭霧水，問咋回事，劉鐵栓才說在和那女人討價還價時，李萬安、錢生櫃喊他出去，他們不願往溝腦走了，想砍了那家屋後的兩棵紅椿樹，便讓他盡量把屋主堵在屋裡，他們好動手。安生哦了一下，就說：我也在屋裡堵哩，你們給我啥？錢生櫃說：你來，你過來。安生走過去，錢生櫃突然拿了煙鍋子就在他頭上敲了一下，說：給你個栗子吃。腦門上立即長出個疙瘩，像是栗子。安生撲過去奪煙鍋子，奪不過，咬了錢生櫃胳膊，錢生櫃手一鬆，煙鍋子掉在地上，安生拾起來就要扔到坡上去。錢生櫃說：你碎慫！我都告訴打你爹的人了，你扔我煙鍋子？安生不扔了。／那你告訴我，姓索的是哪裡人，家住在哪裡？／你要去報復嗎？／他家住哪裡？／你近不了他身的，他一指頭就能把你戳個窟窿。／他家住哪兒？／錢生櫃是告訴了索東輝是州河南邊枸峪人，安生把煙鍋子給了他。

※　　※

五天後，我在給浮水講我新的報復。

我爹被送進了學習班，我知道了仇，知道了恨，知道了滿嘴的牙咬起來那應該也是骨頭，我就開始了報復的計畫。報復是需要物件的，我爹是在方鎮小學揪出來的，我就去了那裡。學校已經不再上課，沒有了學生也沒有了教師，只有一個留守的門房老漢。那老漢是白承禮母親娘家的族人，白承禮母親過世時，他還來祭奠過。他告訴了是因縣上造反派在國民黨救國會駐縣聯絡站的舊檔案裡，發現了一份花名冊中有我爹的名字，來外調核實時，學校知道了，才被揪出來的。我問是誰來外調核實的？他說來的是一夥人，哪裡能知道姓甚名誰？／學校裡又是誰揪出我爹呢？／沒有誰。／沒有誰？那我爹自己把自己揪出來的?!／消息一披露，所有師生都起了吼聲，從此大小批鬥會，被戴紙帽子掛黑牌子的就是校長和你爹。／我站在那裡，想罵，嘴張開了，不曉得該罵誰，雪就落了一口。那時候是三九寒天，雪下得很大，校門樓的簷上垂吊一排一排冰凌，像是刺刀，我吼叫著用腳踢校門，校門咵啦咵啦響，震動得那些冰凌全掉下來，碎在了地上。

沒有報復成方鎮小學的人，我把目標轉移到了村裡。當我爹由村子的驕傲又成了村子的恥辱，我經歷了什麼是世態炎涼，什麼是看人的眉高眼低。可我該報復誰呢：武興邦？鄭風旗？馬接續？還有薛紅星、王來銀、馮開張、曹頭柱、張聯社、苟再長、李回全、岳發生……？我是在巷道裡掏出尿寫這些名字，老孫頭和毛順老漢看到了，把我叫了過去。／安生安生，你這是咒他們嗎？／他們都說過我爹的壞話，都不正眼看我和我娘。／他們裡面有謝長燈和宋駝子嗎？／沒有。／怎麼沒有呢？／謝長燈是富農，宋駝子是壞分子，我從來不理會他們。／那你爹是反革命了，被送進學習班了，你讓村人怎麼說你爹的好話呢，怎麼還熱乎你家呢？／老孫頭和毛順老漢還給我舉了兩個例子。一個例子說：一個指頭在腿面上按一下，腿面上不留什麼痕跡，而成千上萬個指頭在腿面上按，腿面的肉就爛了，骨頭都可能出來。但是，你又能說清哪個指頭傷害了腿面呢？所有的指頭都在傷害，所有的指頭又都沒傷害呀。另一個例子說：咱們村裡家家窩有漿水酸菜。在每一個家裡，是有一種酸味，可那酸味聞起來並沒有什麼，而村裡卻常年彌漫著一種怪怪的，有些酸，有些臭，是那種牛圈裡草料腐敗的氣味，那種膠鞋裡腳汗的氣味。老孫頭和毛順老漢給我囉囉嗦嗦地說著，我沒有還嘴，一隻蒼蠅就在我頭上臉上飛，我不停地用手打，每次都沒打到蒼蠅，打在了自己的頭上和臉上。好吧，我給他們說，咽了一口唾沫：村子裡沒有目標，我不在村子裡尋找敵人了。

我的爹斷了腿從學習班出來，學習班是什麼情況我一概不清楚。最初只說我爹是從二樓窗子上跳下去跌斷了腿的，可當我知道打我爹的是索東輝，我終於知道了具體的有名有姓的兇手，我這次是下定了決心要報復呀！

※　※

坐在望春樹下，安生告訴浮水：索東輝在學習班，不可能到學習班找他，那就去他家，可以尋他媳婦的事，如果有兒有女，尋他兒女的事！浮水說：就咱兩個？人家人多了咱能打過？要去就把魚響河和五毛都叫上。安生本不願意讓魚響河和五毛去，而魚響河和五毛確實能打，為了報復，那真還得叫上他們。安生和浮水去魚響河家先找魚響河，他娘說早上和五毛去南溝割草了。村裡還有七八頭牛，每日都會有人去割草交給飼養室的。一百斤草可以記十分工，孩子們願意去割草，能割上五六十斤了要比出工賺得多。看著中午的太陽都偏了，割草的差不多應該回來，安生和浮水又去了飼養室。沒想，魚響河、五毛還沒回來，飛天回來了。飛天也去割草，可能她是在南溝畔而沒去溝腦山頂上，她割的草不多，人卻滿頭大汗，頭髮全濕，手背上還一個紅疙瘩。浮水說：就割了這一平背簍呀，鐮把手還傷啦？飛天說：蜂螫啦。浮水說：蜂螫了要用尿洗哩。安生踢了浮水一腳。老孫頭拿了秤要來稱草，秤鉤鉤住了背簍沿，叫安生和浮水拿木杠子塞到秤環裡把背簍抬起來。浮水在前邊抬，安生在後邊抬，安生看到背簍繩掉下來，就偷偷踩住，秤桿便翹起來。老孫頭說：四十三斤……一平背簍咋這麼重的？安生趕忙說：草在背簍裡踩得瓷麼。飛天看了安生一眼，沒有說話。老孫頭在記帳，飛天一眼眼盯著，安生的目光便在飛天的臉上踅摸。她的臉出了汗，又白又紅，像是燈籠裡點了蠟燭，透出來的那種光亮。飛天沒有再看安生，倒了草，背了空背簍匆匆就走。浮水還在說：真的是澆上尿就不疼的。安生則大聲訓斥浮水：你知道個屁！出血了澆尿，蜂螫了紅疙瘩抹些鼻涕才不疼的。安生這話在訓斥浮水，其實是給飛天說的，他想飛天會聽進耳朵裡。

魚響河是在一頓飯時後回來的，五毛還沒回來。魚響河把割的高草都插在背簍四邊，背著過來，呼閃呼閃地有氣勢。老孫頭低聲罵他，割草都虛頭巴腦地張揚。安生得討好，說：哇，你走過來像隻巨大高傲的公雞！魚響河說：公雞身後都有母雞的，我有嗎？安生沒再挑逗他。過完秤，悄聲給他講了報復的事，魚響河說：我最近手癢得很，就想打人哩！

他們是下午就涉州河進枸峪，在峪中見人打聽索東輝家，索東輝在峪中有名聲，被告知住在峪東岔嶺的那個坪子上。到了坪子上，這裡是一個松樹崖分成兩個石梁，中間凹地裡蓋有四間瓦房，門前場子下有一個山泉。狗日的住這麼好的地方，安生肚子鼓鼓的，氣難平。但他們並不知道索東輝是不是從學習班回到了家裡，家裡還有什麼人，安生和浮水還趴在山泉邊的地堰上要偵察，魚響河卻直接就到了場子上，他在喊：人呢，有人嗎?!上房門裡走出個老婆婆，老婆婆翻著白眼仁，是個瞎子，對著屋裡說：來人啦！屋窗是下半邊固定著，上半邊能撐開，撐開了，露出一個老漢頭來。老漢在問：不是咱峪裡的？魚響河說：這是不是索東輝家？老漢說：他沒回來。魚響河說：他媳婦在不？老婆婆說：走啦，帶著娃走啦。魚響河給安生和浮水招手，安生和浮水跑過來。魚響河說：他不在，媳婦和娃也走啦，就他爹他娘。安生進了屋，屋裡黑乎乎一片，半天才看清門後西邊就是一鍋臺，可能才做了飯，鍋上還冒熱氣。連著鍋臺是一面炕，老漢在炕上坐著。老漢見他們進去，雙手撐著炕面要下來，卻從炕沿上掉下去，老婆婆聽見聲響，忙過來把地上的老漢往起攙，讓雙手抓住炕沿了，抱起兩條腿挪上去，腿像兩根柴棍，而且不聽使喚。魚響河說：這腿咋的？老漢說：文化大革命頭幾年，兩派武鬥哩，東輝領著人在家裡，後來另一派人就打了來，東輝他們是跑了，我和家裡人在後溝山洞裡藏了半年，腿就不行了，醫生說是關節炎，在炕上快一年了。安生問：他媳婦和娃走啦？老婆婆說：走啦。又問：走哪兒了，去地裡幹活了還是到誰家串門了？老婆婆說：死啦！安生說：死啦?!老婆婆說：我兒命苦，就是我們家藏山洞那年，媳婦生娃娃，出了一盆子的血，她死了，娃娃也沒生出來。安生聽了，說：咋能是這樣?!勁頭有些泄，把魚響河拉到門外。／報復不成了。／咋報復不成了？／棉花包上咋打拳呀？狗日的，他家爛成這樣了，他還在學習班害人哩。／是不是他心裡不平衡，才在學習班那麼凶的？／可能是吧。／把他的！那我挨饑受渴的白來啦？／魚響河又進了屋，在屋裡四處瞅。揭開了鍋，鍋裡有飯，先盛了一碗，喊安生和浮水：來吃飯！安生和浮水進去盛飯。老婆婆瘋了似地喊：這是我家飯！我給他爹就做了頓白麵拌湯，你們這坑了他爹啊！她過來奪安生的碗，沒奪下。安生端了碗到門外臺階上，一看碗，拌湯上漂了一層蟲。安生問浮水：這多的蟲？浮水也看了，說：這是麵生蟲了。安生是見不得飯裡有什麼蟲子，就不吃了，給魚響河說：她眼睛不行，麵生蟲了沒過羅，吃不成的。但還在屋裡的魚響河把一碗飯已經吃完了，說：是不是？卻又說：麵裡生出的蟲乾淨，權當吃肉哩。安生和浮水到底沒吃，在鍋臺案板上翻尋別的吃食，一個瓷罐裡有兩顆雞蛋，就磕了皮當下吸了蛋清蛋黃。出來見門外牆上掛著一串乾豆角，卸下來，說聲：走！上房窗子上半邊再撐開了，老漢拿掃炕笤帚把窗框打得啪啪響，老婆婆撲過來攆他們，沒攆上，坐在地上哭。

魚響河說：他索東輝不在，他要在了我須打斷他脊梁骨不可！浮水說：你吹！魚響河說：你不信，那我去把那老漢眼睛打瞎，讓他們一雙瞎子！安生攔住了，說：知道你氣沒出，你把那桃樹扳折。場子到山泉的路上有一棵酒盅粗的桃樹，魚響河便去扳樹，樹梢彎到地面了，樹就是不折，剛一鬆手，牠又直起來，倒彈打著了安生，安生仰面跌坐在了地上。

※　　※

八月十三，快要過中秋節啦，村裡分包穀棒子，又割倒了水田裡的稻子。這期間最容易有賊，安生就要把自家的青蛙放回澇池而再逮幾隻新的，王嬸拿了一把韭菜來看望爹了。爹還是不大說話，王嬸也吸煙，就坐在炕沿上，一個吸水煙，一個吸旱煙。吸過了，王嬸出來和娘拉家常。娘說我給你燒碗牡丹花水。王嬸說啥是牡丹花水？娘說就是白開水，水燒開了翻滾得像牡丹花。王嬸說咦呀，嫁雞隨雞，嫁狗隨狗，他爹有文化，白開水還有這麼好的名字！我不喝了，還要去看望朱興堂，他恐怕不行了。朱興堂是五毛的爹。娘說：我知道他病了半年了，是不行了？王嬸說：是不行了，唉，他歲數不大啊，真要不行了，那一家咋辦呀。娘說：那我也去看看。娘在中堂櫃蓋上的瓦罐裡取雞蛋，只有三顆雞蛋了，便讓安生快逮了雞試試有沒有蛋要下，要有了就等著下了，拿四顆雞蛋去看望病人，禮要雙數著好。安生在院裡逮住了雞，指頭塞了雞屁眼，說：沒蛋。王嬸說：那就啥都不帶了，我也是空手麼。娘便又把三顆雞蛋放回瓦罐裡，兩人出門。安生也廝跟了。

到了五毛家，五毛和他娘正攙扶著五毛爹到院門口。王嬸說：咋還出來了，外邊有風的。五毛娘說：半個月都沒下炕了，今日卻要起來，還真能邁腿走幾步。安生娘說：或許病回頭了呢。五毛家正對著打麥場，場上堆著村裡收割回來的稻子。五毛爹的脖子細得撐不住頭，說：啊都收稻子啦。剛說完，身子一仰，往後倒，把五毛和五毛娘也帶倒在地上。大家忙去扶，五毛爹的眼裡就不見了黑眼仁，全都是白，忙叫他名字，掐人中，撲索胸口，人便沒了氣。五毛和他娘遂起了哭聲。一有哭聲，打麥場上的人都過來，見了狀況，說：可憐可憐，還沒吃上新米啊！屋裡一時大亂，大人們在給燒倒頭紙，擦洗身子，穿老衣，擺靈床。安生幫不上忙，還礙手礙腳，他就離開了。

安生再去澇池逮青蛙，順著巷道往東走，再往南，心裡念叨著五毛爹的好，以前常去五毛家，五毛爹總是說他長得壿實，說他勤快，說他膝蓋總是有傷疤，但從沒哭鼻子流眼淚，然後就教訓五毛：你看看人家安生！出了七星灶巷，巷口看到誰家壘起的一排胡基，又想起五毛爹是打胡基的高手。別人打胡基是拿礎子捶六七下還不一定打得胡基結實，而五毛爹在模子四角各捶一下，中間再捶一下就成了，扔到地上都不爛。那麼個能打死老虎的人，一場病就沒了？安生坐到胡基壘上難受，聽到魚響河在叫他，扭頭看，並沒有魚響河，以為聽錯了，魚響河再叫，原來魚響河在還遠處的空院子裡。那是宋駝子家的院子，原本就破爛不堪，宋駝子自進了學習班，上房門鎖了，可門樓坍了，院子裡的草都半人深。安生走過去，魚響河半臥在草裡，躺著的還有和魚響河年齡相仿的兩個小夥，安生認得是村東頭的。安生說：知道這裡這麼高的草，就不去南溝割了。魚響河卻說：你也來弄弄。另一個說：他碎慫知道啥！魚響河說：碎慫碎慫，也是有慫麼。安生這才看清他們在手淫。安生在這半年裡，也有了一種衝動，先是一次渾身急迫得厲害，手在下邊摸索哩，流出過東西，後來也就上了癮似的，常常半夜裡動過。但做這事偷偷摸摸，見不得人的，而魚響河他們竟然能大白天地在外邊，還三個人一搭弄那事，安生就覺得噁心，就像再好的飯倒在地上了都覺得髒。安生擰身就走，魚響河還在說：你走呀？我說話你不聽?!安生就是不聽，出了巷口，又拐進曹家巷，去了澇池。

澇池裡新長了幾叢野水蔥和水莒草，有青蛙在其中叫喚。安生脫了鞋，向水莒草那兒去，對面池沿上有四五隻青蛙，撲哩撲咚往水裡跳，而更有一隻渾身黃褐色的青蛙直起身來，兩條後腿劃拉著在水面上跑，樣子非常敏捷和優美。安生說：哇，你有這本事！你過來，你過來！突然聽到哭泣聲。抬頭看去，澇池邊的土路上飛天扶著她婆碎步子跑著。飛天她婆八十多了，纏著腳。村裡好多上了年紀的老婆婆都還纏著腳，但腳形好看的，像個粽子，也就是飛天她婆。飛天扶著她婆，不如說在扯著她婆，她婆的一雙腿換得急，趔趔趄趄，那哭泣聲就隨著小跑步高一下低一下，斷斷續續。安生不知發生了什麼事，想問又不敢問，看著她們順土路往北去。原要逮那隻黃褐色的青蛙，不逮了，僅逮了兩隻小綠色的，兩腿泥水地從澇池裡出來。

返回再經過七星灶巷，魚響河他們還在，卻更多了一群人，七嘴八舌說什麼，魚響河他們就離開了。安生以為是魚響河他們的行為被村人發現了在指責，走近去，那群人說的並不是魚響河他們，是李回全和馬接續在說飛天她爹。

／呀呀，今天是啥日子呀，朱興堂死了，飛毛海也出了事！是從村革委會辦公屋帶走的？／已經審查飛毛海好長時間了，以前都是叫去辦公屋一天半天的就放回家了。這次是鄭風旗又叫他去辦公屋，一去就上了綁，直接送進學習班。／不是鄭風旗，是武主任和張聯社委員把他叫去的。上了綁要送學習班，需要把鋪蓋衣服和日常用具帶上，武主任才讓鄭風旗去他家拿的。鄭風旗一去，飛天她婆知道了，哭著要見兒子，又怕去辦公屋來不及，就抄近路直接去了村東北角的路口……／唉，那麼大歲數的人，恐怕這是最後見一面了。／到底是犯了啥罪嗎？說送學習班就送學習班啦?!／還是那宗遊擊隊偵察員的案子吧。／不是說那人不是他殺的呀！／能被送學習班，肯定是他殺的。／唉，唉。／唉啥哩，階級敵人就得實行無產階級專政麼！／恁好的人咋就是階級敵人？／閉嘴！這話你也能說！／

安生站在人群裡，口兜裡的青蛙一聲沒吭，他也只是拿耳朵聽。在村東北角的路口，飛天見到沒見到她爹，飛天婆見到沒見到她兒，安生一切都不知道，而飛天和她婆那小跑的樣子，哭哭啼啼的聲音，卻印在他腦子裡。他一跺腳，沒想踩著了史寡婦的鞋，史寡婦說：你往哪兒踩？他說：我沒看見。史寡婦說：眼睛瞎了，沒看見？他高聲罵：你眼睛才瞎了！你爹你娘你爺你婆眼睛都瞎了！人們沒有向著史寡婦說話，倒笑著安生：這碎慫𢙏躁的，罵了個花哨！安生氣呼呼走了。

回到家，娘已經從五毛家也回來了，在院子裡用木盆子洗衣服。旁邊放著方桌子，薛紅星扶著桌子，好像扶了好一會了。娘在催促：你走，你快走人。人家還等著方桌擺靈堂哩。薛紅星說：那急啥的，人已經死了，靈堂遲擺一會兒沒啥的。見了安生，說：安生回來啦？安生逮住話頭說：五毛家離我家遠，擺靈堂的桌子哪兒借不到，拿我家的?!薛紅星說：你家桌子是大方桌，我提議的，我不嫌遠。安生哼了一下，掏出青蛙往水池裡放，便聽當地一聲，同時娘在說：這是啥？安生回頭看了，木盆裡的衣服上有了一枚戒指，薛紅星在嘿嘿地笑。娘說：你咋有這東西？薛紅星說：我用蕎麵窩頭換的，給你。娘把戒指扔給了薛紅星，她不洗衣服了，對安生說：幫你叔把方桌抬出去。安生卻一下子跳坐在了桌子上，說：我家方桌不借，你走！薛紅星愣在那裡：不借？安生雙手在桌面上拍：不借不借就是不借！

那個下午，安生送來的四隻青蛙一直在叫喚，所有的牛都臥著反芻，老孫頭和毛順老漢坐在飼養室的土炕上，輪換吸一桿旱煙鍋子，回說起了陳年老事。

※　※

解放前的州河川道裡活躍著共產黨的遊擊隊，國民黨縣政府保安隊維持不了治安，省城國民軍便派遣了一個團來剿滅。雙方在尖角梁打了一仗，遊擊隊退回了深山。一九四八年清明節後，天還冷著，又淅淅瀝瀝下雨，雒村出現了一個陌生人。此人面黃肌瘦，戴了個小氈帽，挑著裝有竹篾子和絲網的擔子，沿巷道叫喊著：啊繒羅——粗羅細羅啊——繒絲羅！村裡人家沒有絲羅的來買絲羅，有著絲羅而絲羅壞了來修絲羅。繒羅人手藝很高，態度又和藹，只是說話有些蠻腔，他能聽懂雒村人的話，他的話雒村人卻十句有三句聽不懂。那時候銀元已經改為鈔票，雒村人沒有多少鈔票，繒個絲羅或修個絲羅拿不出錢了，就給兩個饃饃，端一碗飯。繒羅人在雒村繒了三天絲羅，晚上就睡在龍松樹下的土地廟門口。村裡人問：你叫啥，哪裡人？回答著：我叫鞏德秀，下湖人。下湖就指湖北湖南，那裡人舌頭長，說話多繞兒。又問：家裡還有什麼人？回答著：就我一個，走到哪兒，哪兒就是家。再問：這是流浪漢麼，繒羅能掙幾個錢？回答便有氣無聲地可憐了：唉，混個口，巧要飯的。宋駝子他爺爺開了個染坊，對鞏德秀說這土地廟擋不住風雨，你願意了就睡到我家柴棚裡去。鞏德秀就跟著去了。村裡都議論宋駝子的爺爺有心思，是想著讓鞏德秀給他染坊當夥計。果然鞏德秀還在村裡繒了兩天羅後，便不挑擔走家串戶了。宋駝子的爺爺沒有兒子只有個姑娘，鞏德秀在宋家幹過幾天，已經剃了頭換了衣服，樣子清清秀秀，村裡又議論宋駝子的爺怕是想將來把鞏德秀招贅為女婿。村裡有好多小夥都謀算著能被招贅為女婿，就嫉恨起了鞏德秀，開始尋鞏德秀的不是。一個晚上，飛毛海幾個人在張家喝酒，有人說看見鞏德秀進了錢家，錢家男人去縣城販鹽，家裡只有媳婦和兒子錢生櫃，幾個人就懷疑鞏德秀在勾引婦女，去把鞏德秀拉到河灘打。本來是打一頓教訓教訓，也出出肚裡惡氣，最多打折一條腿，讓宋家不再招贅，沒想鞏德秀被打急了，竟然掏出一把手槍來。槍口對著了來生運他爹，來生運他爹一下子愣住，而站在鞏德秀背後的三個人各拾起了石頭，情急中就向鞏德秀頭上砸去，鞏德秀就倒在了地上。砸石頭的並沒有飛毛海，飛毛海尿憋了在一旁尿，過來見翟德秀昏迷不醒，來生運爹說：毛海你得補一石頭！咱就是一條繩上的螞蚱。飛毛海拾起石頭再砸了一下，翟德秀就徹底沒了氣。出了人命，大家把手槍丟到河水裡沖走，商定這事誰也不能說出。翟德秀一死，不久雜村來了一夥遊擊隊，說要尋他們的戰友，原來翟德秀是遊擊隊的偵察員。村裡人當然不說打死人的話，只說翟德秀在宋家染坊當夥計，遊擊隊就燒了染坊，槍殺了宋掌櫃。宋掌櫃的女兒那天去了舅舅家，躲過一劫，卻後來生下一兒，這兒就是宋駝子。

※　※

飛天她爹被送去學習班的那個傍晚，西邊天上的雲紅得像火，我在望春樹上又砍了枝股。那是伸出了院門外的一根很粗的枝股，牠掉下來時喀喇喇響，砸碎了院牆頭上的三頁瓦。娘如同是看見了鷹的雞，啊啊地叫：你動不動就砍樹，咹？我給娘反嘴：我砍我哩！娘說：啊你說啥，你說啥?!我說：自殘哩，自殘哩，行不行?!娘就坐在捶布石上，渾身哆嗦，再說不出一句話來。而望春樹高處的樹葉再次滴水，一層細雨很快淋濕了地面。想著當年，傳說裡一夥人不是共守同盟永不提及鞏德秀了嗎，幾十年過去了，參與的人都已作古，怎麼又調查了舊案呢？又怎麼就認定殺人的是飛毛海啊？砍著樹的枝股，樹在疼著，樹疼著還能樹葉滴水，而我何嘗不也心疼，可我心疼無法弄清事情的原本，也不知，向誰質問和求證，甚至也不能言說，只能在樹上刻字，刻下又一個日期。

不出所料，飛天家再也不是以前的飛天家了。先是噴印在她家院門扇上的毛主席像被鄭風旗清洗掉了，再是村裡擴修水泉，需要石板壓在池子邊，去尖角梁開鑿太費工費時，薛紅星說飛家院門前有現成的麼，於是就去起了鋪地的六塊石條。起走了石條卻再沒用別的石頭填補，那裡就一個坑，飛天和她婆出入就極不方便。我依然是每天晚上去記工分時要經過她家，院門就一直關著，裡邊的青蛙還在叫，而壓過了青蛙叫聲的是飛天她婆撕心裂肺的哭。

飛天沒有娘，她娘在飛天小學畢業那一年就去世了。她婆八十多歲的人，拉長聲調地哭，像是貓叫，沉沉地從院子裡透過院牆傳到巷道，又在巷道中起了回音，十分的淒涼和陰森。鄰居是貧協委員張聯社的家，張聯社的老婆開了自家院門，手裡還端著碗吃飯，怒沖沖地罵：不哭啦！天天晚上你都哭，哭得招鬼呀，懍人不懍人?!我不喜歡張聯社，更可氣張聯社那個腰長腿短的媳婦，我站在黑影地裡，說：還不讓人家哭啦？嫌懍人你把耳朵塞住麼！張聯社老婆說：誰，誰？馬槽裡伸進來了個驢嘴，你是誰？我從黑影地裡站出來，月光下讓她看。我說：看清了沒？張聯社老婆拿筷子敲碗沿：是你個碎慫！你爹進學習班，他飛毛海進學習班，不是一路人不說一類話啊！這女人竟然揭我爹的短，我忽地上了火，人一下子也變粗變高，支稜著頭就朝她跟前走。那樣子肯定把她嚇住了，她說：你幹啥，你要打人呀?!我沒有打她，從地上抓了一把土扔到了她的碗裡。那女人嘰哩哇啦叫起來，張聯社便從院裡出來，一把揪住我的領口，另一隻手啪地扇我一個耳光。我要反抗，他揪著我的領口使我無法掙脫，我就虎著眼，梗了脖子，說：你打！他接連扇了三個耳光。我還在說：你打！你打！飛家的院門開了，飛天她婆看見了張聯社在扇我耳光，她竄天倒地地撲過來，拉住了張聯社：你不要打他了，你下手重，他能挨得起？我不哭了，我要哭我捂了被子在炕上哭，你不要打他了。飛天也咚咚咚地跑了來，又抱住了她婆。張聯社放了我，我仍在罵：你打麼，你貧協委員把我打死呀?!飛天她婆捂我嘴，飛天說：你鼻子流血了，我給尋些棉花你塞住。她往她家跑去，但我沒有等她拿棉花來，我覺得有她這話並去拿棉花，我就是勝利，我掉頭走了。

從那以後，早上我都起得很早。起來就罵天上的雲像犁過了的地溝，又是個曬死人的天！捉住了雞在雞屁眼裡試蛋，再罵你是雞你不下蛋？去撥弄青蛙了，一撥弄牠們就不叫了，又再罵你們拙口了，是啞巴呀?!娘起來後卻埋怨我起來太早，嘟囔著炒麵沒有了幾時得上石磨去磨呀，上房屋頂怎麼長了那麼多瓦松，門口拴著的晾衣服的繩咋不見了。瞧你那鞋！她叫起來，你腳上長牙嗎，這才十幾天鞋頭就爛出了窟窿?!娘的嘮叨使我更煩，挑了兩隻桶，我說到水泉去擔水呀，就出了院門。其實我在水桶裡偷偷放了兩個蘿蔔，還有三塊劈柴，仍舊繞了一大圈，經過飛天家院門口了，把兩個蘿蔔和三塊劈柴從院牆扔進去。在水泉裡擔了水，路過打麥場邊的那些自留地，看到了張聯社家自留地裡長著十幾棵茄子苗，摘了兩個茄子放在桶裡，返回再經過飛天家院門口了把茄子又扔過院牆。我一扔進去，飛天正好就在院子裡，開了門要看是誰，發現了我，生氣地說：胡扔啥的，我就少那一口蘿蔔茄子嗎？她的眼睛有電，射人哩。我說：誰給你呀，給你婆的。她卻突然驚叫開來，一條蛇正從院門下的水眼裡鑽進去。我放下水桶，就勢進了院門，那蛇從水眼裡進來了，忙去踩，沒踩住，蛇又鑽到院牆根的石頭縫裡。這是我第一次進的飛家院子，我懊喪著沒能踩住蛇，飛天還在驚慌失措地叫，她婆從屋裡出來，問了情況，卻說：這是好事！前一向家裡沒了老鼠，我只說老鼠都不來家裡了，沒想到還有蛇肯來，蛇進屋院是好事。飛天說：嚇死人呀，咋能是好事？飛天她婆就跪下來磕頭，還讓飛天和我都跪下，說：神呀神，我知道你進來了，別讓我飛天嚇著，你待一會兒就走，要不你就藏好。說罷，她盯著院牆根，蛇竟然就出來了。我擔心蛇會吃青蛙的，就忙用木棍把蛇挑起，要挑到外邊野地去。飛天看著我，叮嚀挑好挑好，我故意把木棍在她面前晃了晃，她又叫起來，我看見她臉嫩得像涼粉，她罵了我一下：安生安生，你壞蛋！

這天晚上，我睡在地窖裡，總想著飛天罵我的話，想得多了，聽院子裡的青蛙叫喚的也是這樣的話。

※　※

收過秋，糧食給各家各戶分了，包穀稈、豆稈全留給了飼養室，還特意留下些黑豆做飼料。八頭牛緩過膘來了就開始犁地，但大塊地裡能套上牛，小塊地裡仍還需要人拉。好些天裡，安生給犁把式套牛，牽著一頭牛站在村巷十字路口了，凡是看到去西原地裡幹活的人群裡有飛天，渾身就來勁，把牛鞭甩響，牛跑他也跑，牛乍起尾巴撲哧撲哧屙糞，他踩著那熱騰騰的牛糞，他不嫌髒。而一見人群裡沒有了飛天，心裡便恐慌：是她婆病了要她伺候，還是她自己病了？是什麼病呢，傷風感冒了嗎，那應該喝開水，不停地喝，然後捂了被子睡一覺呀！他這麼想著，牛就不老實了，伸長脖子去偷吃沿巷牆頭上吊出來的薔薇藤條，惹得有人吼：哎，哎，你咋吆牛哩?!西原那一大片地，犁了五天，飛天是四天都出工的，和一夥婦女用钁頭挖牛犁不到的邊角地。前兩天裡，安生跟著把式犁一趟子到了遠遠的地那頭，再跟著把式從地那頭犁過來。看了一眼飛天，飛天還是穿著那件格子襖，別人的襖格子是藍色的，她的格子有藍有白還有紅，就顯得特別惹眼。安生看飛天的時候飛天也看了安生，他們都沒有說話，但在地頭回犁，太陽照著，安生故意把他的影子重疊在她的影子上。

第三天飛天沒有來，犁把式嫌安生手腳不靈活，把他罵了個山盡水盡。第四天飛天是來了，天颳風，樹葉子柴草都吹了起來，安生吆喝著讓牛也飛，牛到底沒飛起來，武主任卻領著一個光腦袋的人到了地頭。那人的腦袋上窄下寬，顴骨突凸，耳朵卻小得像老鼠的耳朵。武主任在給張聯社說著學習班又死了人需要掩埋，就派去鄭風旗和李回全。安生大聲擤鼻並拿眼一直看武主任，希望能注意他了也能讓他去，武主任沒有看他。等鄭風旗、李回全一走，武主任和那個光腦袋人也回村去了。那禿子是誰？安生在問孫立梁。孫立梁說是索東輝，好像瘦了。安生說：他就是索東輝，你怎麼不早說？孫立梁說：咋，早說了你認他親呀還是打他呀?!看著索東輝的背影，那塊頭安生是打不過的，但安生記住了他。

收工的時候，安生要給牛卸套，收拾犁杖繩索，最後才能吆了牛往回走。而飛天卻一跛一跛地也落在人群後邊，甚至坐在了從原上下來的小路上。安生走過來，說：你崴腳了？飛天說：沒。還頓了頓腳。安生高興了，就有些輕狂，說：

我知道你是等我的。飛天卻呼哧哭了。這一哭，安生倒手腳無措，問：你要給我說啥嗎？飛天說：學習班裡死了人，我操心我爹，你說我爹會不會也要死？她這話讓安生想到了他爹在學習班時，他和娘在家提心吊膽，也是這麼相互問著。安生要安慰飛天，說：你爹身體好，打不死的。但這樣的安慰安生立即覺得不起作用，身體好打不死，那不是還是打，怎麼個打著，又怎麼個挨著打？安生便又說：南社會在學習班打掃衛生，他晚上有時回來，該去問問，他應該知道那裡邊情況的。

就在晚上，安生要去記工分，在巷道裡看到了南社會，他背了一背簍柴禾。安生殷勤地問候：南叔你吃啦？南社會說：吃啦。再問：你回來了，還背著柴禾？再回說：那邊院子裡樹上掉乾枝子和葉子。又問：南叔有沒有帶出的東西，有帶的了，我可以交換。又回說：我沒有。就是有，我也不尋你，你有啥吃的？他就走了。安生繞了巷道到了飛天家，立在院門口喊浮水，他猜想著他喊浮水，飛天肯定能聽出是他在叫她的。果然飛天就出來了。他說了南社會晚上回來了，讓她悄悄去南家問問她爹的事。飛天點點頭，卻說：那我這就給我爹攤幾張麥麵餅讓他帶上。安生說：你家還能攤麥麵餅呀。飛天沒接話。安生又說：攤了餅不要用手巾包了給南社會，能保證他半路上不偷吃嗎？你把餅攤薄，縫在夾襖裡，就說給你爹捎換季衣服。衣服一定打成包綁緊。飛天說：嗯。卻接著說：我見了他怎麼說，你能不能也去？安生說：不怕的，他人不凶。我記完了工分，也去他家吧。

但安生沒有想到，他在辦公屋記畢了工分，武主任把他留下來，等所有記工分的都走了，黑了臉問他話。／前一陣兒，是不是去了枸峪？／啥事？／說老實話，去沒去了枸峪？／沒有。／沒有？你一個人沒去過索家，還是你一夥三人沒去過索家？／枸峪沒我家親戚，那裡沒柴砍，割草又遠，我去枸峪幹啥？索家是誰家？／索東輝，就是學習班領導小組成員索東輝。／我不認識。／真不認識？／誰給你說我去過索家了？／不管誰給我說的，我要你說去過沒去過，別人檢舉和你自己交代，那問題的性質是不一樣的，你知道不？／是不是坦白從寬抗拒從嚴？／就是。你說！／我沒去過。／你看我的眼睛！／安生看武主任的眼睛，武主任的眼睛裡充滿了血絲。他說：沒去過。武主任又說：你看著毛主席！辦公屋牆上掛著毛主席像，安生看著毛主席像，還是說：沒去過。其實安生在看著武主任的眼睛時他心裡就發慌，當看到毛主席像，手心裡都出了汗。如果武主任再厲聲問一句：真的沒去過?!那他肯定就坦白交代了，而武主任說了句：那好，我給索成員回話。就對安生說：沒事了，你回吧。說是讓他回，安生膽子又大了，偏要問這是咋回事，為什麼要問他去沒去過栒峪的索家?武主任就告訴了，下午索東輝說前一陣兒有人在報復，不是在學習班，而去了栒峪老家，去的是三個人，年紀都不大，懷疑是團結村的人。武主任說：所以我來問問你。你沒有去過，那就好。

安生從辦公屋出來，月明星稀，他感到高興，他狗日的索東輝知道了有人在報復，哼，那報復還是輕的。老孫頭說過久走黑路，總會碰上鬼的。安生朝地上唾了一口：我就是鬼!安生直接去了南家，南家黑燈瞎火，輕輕推了一下院門，院門已關著。可能飛天已經找過南社會了，或是南社會也已經返回了學習班吧，安生也就回了家。這一夜，安生呼呼嚕嚕睡了個囫圇覺，沒聽到爹發出那長長的啊聲，沒聽到娘的嘮叨，連青蛙叫喚都沒聽見。

※　　※

爹終於在攙扶下能行走了，但他不願意出院門，固執地認為進學習班是他一生最大的劫難和屈辱，已無法再面對村人。當他還坐在院子裡的椅子上曬太陽，或者正吃著飯，吸著水煙，院門被敲響，他就讓家人攙扶他到炕上。來人即便進臥屋去探望問候，他不是假瞌睡，就是睜著眼看著屋頂棚，面無表情，一言不發。安生可憐著爹，也厭煩著爹的性格全變了。以前的雜村發生過多起陰魂附體的事，安生就懷疑是山魅水妖樹精石怪，或者是什麼鬼魂也附體了他爹，成了行屍走肉，可能再也勝任不了教師工作了。安生更恨學習班，更恨索東輝。南社會自從傳給飛天了她爹的情況，以後每次回來，安生都要問起索東輝的活動，謀著索東輝出來辦事時能打一頓這狗東西。當面打沒有勝算，可以暗中撂黑磚。但是，安生還沒有得到索東輝出來辦事的消息，這一批去學習班幹活的人又輪換，南社會被換了回來。這一次，像當初錢生櫃一樣，幫廚的米小見幹活踏實，言語不多，是村裡第二個被留下來要再幹一輪。安生開始和米小見的小兒子好起來，企圖通過米小見的小兒子接觸到米小見。卻沒料到的是，留下來的米小見，老實人幹了一件蠢事，又被學習班辭退了。

米小見是偷了學習班的一吊肉被辭退的。米小見和邵子善曾經拿著米到北山換包穀，米小見當時家裡米不多，一斤米能換二斤包穀，想能多換些，借過邵子善十斤米，把十斤米又折成錢，米小見就欠邵子善二元五角錢。米小見到了學習班幫廚，邵子善催著要帳，米小見一時還不了。邵子善說：你可以偷些饃饃來頂麼，能偷出了一個，我給你頂一角錢。米小見是提心吊膽地偷過三個麥麵和包穀麵相摻的饃饃，覺得那得還到什麼時候呀？正好學習班灶上要給管理人員改善生活，從縣上調配來了半扇豬肉，米小見給邵子善說：我給你一斤豬肉咱帳是不是就沒了？邵子善兩年沒吃過腥了，一聽說豬肉口水流得多長，說：一斤肉就頂二元二角錢呀?!米小見說：你現在就是有十元百元到哪兒買肉去？邵子善同意了，卻要求必須是肥肉，多帶些板油。米小見就真的在沒人時把一小吊肉稱了，是八兩，貼在自己腰裡，穿好衣服，把懷一掖，再繫上繩子，要走出學習班大院。身上有肉，米小見本來心虛，而學習班也是多半年沒有吃過肉，那腥味就惹得蒼蠅往身上趴。他走到鐵柵欄門口，門衛見蒼蠅跟著他，說：你是不是快死呀，五臟六腑爛了發腥味！他說：你才快死呀，臭嘴！又把腰裡繩子緊了緊。偏巧索東輝趴在柵欄門頭上插一面紅旗，綁旗杆的繩子用完了還沒綁牢，就沖著米小見喊：把腰裡的繩子解了給我！米小見有些為難。索東輝還在喊：你聾了嗎，要你解繩子哩，快！米小見解了繩子，還要再掖懷，肉掉了下來。

學習班革命領導小組冉組長親自審問米小見，米小見不敢看冉組長，突然昏厥在地。冉組長把水杯裡的水潑在他頭上，他醒了過來，卻已經語無倫次。冉組長拍桌子：把舌頭捋順了說話！米小見還是說不出連句話，只是在地上磕頭，磕得血流滿面。冉組長發了善心，沒有把他以偷盜罪關押起來，而以腦子有病的名義辭退了他。

米小見回村後真的腦子有了病，一臉的瓷相，話說不完整，動不動要昏厥了，翻白眼，嘴中冒沫。村人可以說他腦子有病，但他不願意一說偷盜就把他和白承禮連在一起，誰說這話他就撲過去打誰。而村人又把他和來生運歸為了一類，來生運就來親近他。來生運說：你我都有病，咱倆誰不嫌棄誰噢。他直擺手：我和你不一樣，我是真病，你的病是懶。我勞動好！他倆在說話，村人就捂了嘴笑。

米小見腦子有了病，安生喪氣打聽不到索東輝的行蹤，而安生娘卻擔心丈夫腦子也有病了，她對安生說：你一天到黑不沾家，你不會陪你爹說說話嗎？安生就陪他爹。爹躺在炕上的時候，他坐在炕沿上給爹揉腿搓腳，爹坐在院子裡的椅子上了，他吹口哨逗引站在望春樹上的鳥，或者嘴裡弄出呱呱的聲響，和青蛙應和，說：爹，爹，我會說鳥語和蛙話，你信不信？但爹好像看著他，又好像沒看著他，嘴張著，往外流口水。到了後來，爹竟然小便失禁了。常常是一條褲子尿濕了，娘給換上新褲子，把尿濕的褲子還在洗著，新換上的褲子又尿濕了。娘給安生說：唉，你爹以前長得多體面的，又愛乾淨，現在成了這樣?!娘不再給勤換褲子，而是納了兩個小墊子，在褲襠裡塞一個，濕了拉出來塞另一個。每每安生在院子裡晾尿墊子，覺得爹也太窩囊，可這話不能說，便又不願在家多待，一有空就出門在外。

※　　※

村裡有十台磨子，只一台碾子，秋收後碾子幾乎沒有停過，家家都碾過稻子，但沒有幾家敢蒸了米飯吃，或多或少地把米拿到北山去交換包穀、蕎麥、黃豆和芋頭。新一輪在學習班的邢互助帶出了幾樣東西，一條褲子從老孫頭那裡換取了兩個煎餅，一件襯衣與薛紅星交換了一袋炒麵。邢互助還拿一條單人褥子問到了安生娘，能不能換兩碗米飯，安生娘就同意了。那天做飯，她蒸了一鍋米飯，先把兩碗裝在一個口袋裡給了邢互助，然後就讓安生和他爹美美吃上一頓。吃的時候，她關了院門，不讓外人看見。安生坐在上房門檻上正吃著，一隻蜂在頭上嗡嗡，安生擔心被蜂螫，還用筷子在面前揮了揮，沒想蜂落下來叨起了一顆米就飛。蜂是採蜜的竟然叨米，這讓安生生氣，放下碗追打，在院子裡轉了一圈，蜂又從院門縫鑽出去，安生也開了門追到巷道裡，到底還是沒有追打著。

娘之所以換那條單人褥子，她是想天慢慢冷起來，要讓安生在地窖裡鋪，但她在曬褥子時，發現褥子上有屎尿留下的污漬，隱隱約約還有沒擦淨的血跡。／

安生安生，娘問句話，這褥子怕是死人的遺物，聽沒聽說學習班又死了人？／這我沒聽說。／即便人沒死，也是受過傷的，你聞聞，有沒有腥氣？／我聞不出來。／這麼大的腥氣你聞不來？這褥子咋能讓你鋪，咱不要了！／娘包起褥子要退給邢互助，邢互助早已提走米飯去了學習班，不可能再退回來。安生就給娘說：兩碗米飯換一條褥子夠划算了，我不鋪，拿了去北山再換包穀芋頭麼。

劉鐵栓、王來銀和薛紅星再到北山用米換包穀芋頭時，安生拿上了褥子也跟了去，這次他換的二十五斤黃豆。薛紅星換了六十三斤芋頭，還換了八斤大麥仁。薛紅星換得多，是因為他在一家用米換了芋頭，給那家山裡人吹噓團結村如何好，一半旱地一半水田，水田裡栽稻子，有的是大米，旱地裡種棉花，家家都有紡線車子和織布機。山裡人倒看上了他身上的夾襖，說如果肯換這件夾襖，可以給十斤大麥仁。薛紅星的夾襖是件舊夾襖，他堅持要十二斤大麥仁。雙方討價還價時，安生瞧見那家屋旁有核桃樹，和劉鐵栓、王來銀一塊兒去搖樹，核桃落了一地，撿了摺進背簍。山裡人看見了，出來罵。原本薛紅星已經和人家談妥了換十二斤大麥仁，人家說：你們一夥的偷摘了核桃，大麥仁只能是八斤。薛紅星就又罵劉鐵栓、王來銀和安生，劉鐵栓給薛紅星了五個核桃，事情才了結。四人往回返，薛紅星是光膀子，山裡涼，他又一路上趴在河裡喝了三次水，就感冒了，開始咳嗽。

核桃都帶著青皮，削青皮把手弄黑了像是布染了色，洗不掉。安生把削了青皮的核桃在褂子口兜裡裝了三個，在褲子的兩個口兜裡一左一右還裝了四顆，將軍似的，先去找浮水。浮水正和魚響河、五毛以及魚響河的兩個朋友在槐樹巷堵住了東西巷口逮一隻貓。這是鄭風旗家的貓！安生叫道。鄭風旗家養著狗和貓，害怕別人把狗偷去吃了，出門就帶在身邊，但貓沒有帶。貓是黑貓，背上卻有一片白毛，安生認得的，他也跑去堵。但魚響河說：胡說！這是野貓！魚響河的兩個朋友和五毛也都說：是野貓！安生知道了他們不願意承認是鄭風旗家的貓，說：哦，哦，是野貓！逮住吃了牠！貓鑽進了巷裡一戶人家院裡，正是魚響河一個朋友家，五人進去關了院門，院牆高，貓撲不上去，只在院子裡亂竄。很快就被逮住了。魚響河說：拿繩來，拿繩來！那朋友取了一條麻繩，蘸了水，纏住貓的脖子。魚響河勒，貓四個爪子亂抓，把魚響河臉抓破了，魚響河一鬆手，貓和繩子就掉到地上。魚響河罵了一句，把貓從地上撿了，提著後腿在屋臺階上摔，貓被摔得不動了，臺階沿上滿是貓血和貓毛。安生說：死了。魚響河說：貓九條命哩！又給貓脖子上纏上繩子，讓兩個朋友扯繩子的兩頭，貓再沒任何掙扎，像是掛在繩子上的一塊抹布。貓是死了，把貓拴吊在樹上，用刀劃開貓頭上的皮，然後往下剝。安生從來沒見過剝貓，皮越往下剝，那就不是貓了，是一個紅色的，並不流血，呲牙咧嘴的怪物。安生覺得害怕，就不敢看了。你過來，魚響河說：把貓頭扼住，我好往下扯皮！安生雙手扼住了沒有皮的貓頭，那一瞬間想到了索東輝的光腦袋，他的牙咬起來，渾身的勁都集中在手上。安生說：這貓姓啥？魚響河說：不姓鄭！安生說：姓索，姓索！魚響河說：咱是燒了吃還是燉了吃？一個朋友說：聽說貓肉是酸的。另一個朋友說：不酸，我吃過，香得很！浮水也說：香得很！魚響河說：你也吃過？浮水說：沒吃過，我想是香得很！魚響河就說：你家有鹽吧，煮肉得有鹽，你回家取點去。浮水點點頭，還說：我再拿幾個辣子角。開了院門走時，魚響河又對安生說：你跟他一塊兒去。安生還在疑惑，魚響河猛地一推，安生和浮水身子剛出了院門，院門砰地關了。魚響河不讓安生和浮水吃貓肉，安生沒有出多少力，不讓吃那無所謂，可浮水不行，站在院門外叫：打的時候讓我打，吃的時候就沒我啦？我要吃，我就要吃！魚響河在門裡說：過後把貓皮給你。浮水還在叫：我不要貓皮，我要吃貓肉！魚響河罵：吃你娘×！你再叫，我把你嘴擰下來！安生拉了浮水走，說：人家肯定不給你吃了，咱不吃了。浮水說：那是吃肉呀！安生說：吃了肉屙的還不是一泡屎！

安生掏出三個核桃，給浮水了兩個，留給自己一個，兩人拾了石頭砸吃核桃仁兒。經過飛天家院子時，安生說：那是啥鳥兒？浮水往天上看，安生從褲兜裡掏出四個核桃扔進了院子裡。但還是讓浮水看見了。／你給我兩個，給飛天四個？／她是女的麼。／女的就該給四個，你和她好上啦？／我和你早好上啦！／那不是一回事！／你胡說啥哩。／你肯定親過她嘴了！／安生推了浮水一把，浮水倒在地上不起來。安生又去拉他，說你小氣，飛天現在怪可憐的，對她好一點有什麼不對呢？浮水畢竟聽安生的話，呼哧呼哧了一陣鼻子，不再說話，把自己的一個核桃也扔進院子裡。

從那以後，安生對飛天好，浮水也對飛天好，誰不避諱誰了，來往勤，親近著。

※　　※

飛天家的青蛙死了，安生和浮水去澇池裡給她逮青蛙。澇池裡淤泥深，浮水踩著一叢水苣草去逮一隻白肚子青蛙，水苣草陷下去，他半個腿就沒了，越往出拔腿，腿越陷得深。安生喊：快躺下，躺下就出來了。浮水躺下去，腿是拔出來了，鞋沒了。飛天回家拿了她爹的鞋給浮水，但她爹的鞋大，穿不成，飛天就又拿她的一雙鞋給浮水穿。飛天的鞋面是花布做的，浮水穿著覺得彆扭，經過安生家時，安生取了一雙舊鞋跟他換了，飛天的花布鞋就留在地窨裡。到了初冬，三人一塊兒拾柴禾，回來的時候，天黑下來，星星早早就出現在空中，飛天說：星星真美，能摘下來就好了。安生說：星星我摘不了，我給你摘柿子！路邊的三棵柿樹，其中一棵的樹梢上是有一顆蛋柿。這蛋柿是在樹梢上，樹梢太高又太細。樹主人在夾柿子時無法夾到，或是無法夾到了就說：給烏鴉留一個吧。浮水說：

你眼睛真尖！安生抱住樹就往上爬，飛天說：不敢往高處去呀！安生偏往上爬，爬到樹頂上了，還故意站在枝股上晃，結果枝股斷裂，他掉了下來，磕掉了一顆門牙。少了一顆門牙說話漏氣，把「算啦」說成「蒜啦」，把「喝水」說成「喝分」。他們一塊兒去掏過田野裡的老鼠洞，曾經一次掏了一升的包穀顆。這些包穀顆沒有拿回家，拾柴禾燒成熱灰。在熱灰裡爆包穀花，浮水吃多了，肚子脹得一夜都沒睡下。馬接續還是愛打聽這樣窺視那樣。他家和飛天家在一個巷道，他家的地勢本來高，門前又有一棵癢癢樹，飛天說馬接續總是站在癢癢樹杈上往她家院子裡看。他們就偷偷把三顆釘子並排釘在了癢癢樹根，那癢癢樹在風天裡就折斷了。安生還帶他倆去了一趟他舅舅家，舅舅用軟棗葉給他們做涼粉，用橡籽粉做攪團。而且，飛天受了賊風有點頭疼，舅舅用針在她眉心挑出血，頭便不疼了，還聽了舅舅從賊風說了那麼多關於風的知識：狂風要擋，寒風要禦，春風要迎，賊風就是邪風，要防。人有病多是邪風入侵。體內也有風，有風在皮下游走就是癢，有風要走，就放屁、打嗝。有些人說話也是邪風，人不能說邪風話。

從舅舅家回來的當晚，武主任在喇叭上緊急召集苟再長、錢生櫃、孫立梁、周上榜、馬接續、薛紅星、李萬安、鄭風旗、吳家富、許歡喜、李回全。後來才傳出學習班偷跑了一名反革命分子，學習班管理人員少，讓團結村人協助搜尋。巷道裡腳步雜亂，武主任點名的人去了，沒點名的也有跟著去的。至於是誰逃跑了，名字不知道，只說是翻圍牆逃跑的。圍牆那麼高，雞都飛不上去，人怎麼能翻過去呢？逃了出去，又能逃到什麼地方呢？順著東西公路跑啦？翻過尖角梁往北跑啦？過了州河向南溝跑啦？安生也到巷口四處張望，心裡倒想：逃跑的人一定是受不了拷打和羞辱，身體又好，才逃跑的吧，能逃跑了就好，跑得遠遠的，讓他們抓不到。但天完全黑下來的時候，浮水和飛天來找安生。飛天哭鼻子流眼淚的，浮水說飛天總是疑心逃跑的是她爹，他說怎麼可能是她爹呢，她爹沒有跑回家，那就不是她爹麼，他勸說不了她，他拉著飛天來找安生了。／你咋覺得逃跑的是你爹？／村裡那麼多人都去抓逃犯了，我在我家院門口石頭上坐著，心裡慌慌的，做了個夢，就看見逃跑的是我爹。／你沒睡著做什麼夢？／或許是夢，或許不是夢，但我真的看見逃跑的背影是我爹。我爹是從十八畝地裡跑過去的，到了地頭就跳下去了，是不是藏在了河灣的葦子灘？／你是一急，產生幻覺了。上學時老師就說過這現象。／不是，我爹肯定逃出來不敢回家，他知道這裡地形，不會順公路跑的，尖角梁後的坡上沒有樹，他一定會藏在葦子灘的葦子裡。／飛天又哭起來。她一哭，安生也動搖了他的判斷，人常說親人們之間有感應的，即便是飛天焦慮產生了幻覺，是不是她感應到了她爹的行蹤？安生說：那咱們悄悄去葦子灘看看。飛天說：我來不及回家了，你家有沒有吃的，有了你帶上，見了我爹讓我爹吃，他逃出來肯定肚子餓的，我過後給你家加倍還上。安生跑回家，在灶臺上、案板上揭鍋翻盆，沒有熟食，櫃子裡有一袋子炒麵，一時尋不到什麼裝，就往褂子口兜裡抓，抓了飽飽一口兜。娘在院子裡說：你幹啥哩，響聲恁大的？安生說：櫃子裡不是還有紅薯片子嗎？娘說：哪裡還有紅薯片子?!他跑出來，給飛天和浮水嘬地吹了聲口哨，三人就跑過了巷道。

他們悄悄從十八畝地走過去，再沿小路下到河灣。河灣裡的河水是白的，沙灘是黑的，遠處的葦子看不清楚，卻傳來各種奇怪的鳥叫。小心翼翼往前去，浮水一個前蹌跌倒了，爬起來一看，絆他的是一個差不多腐爛的柳條籠筐，籠筐一半還壅在沙裡。安生這時突然想到了這一帶是撂死嬰的地方，這籠筐會不會是白承禮提過的那個籠筐？但他沒敢說這事，怕說了飛天和浮水害怕，他說了他也害怕。再往前走了走，腳下的草就多起來，有些草是一叢一叢的，盤根錯節有盆子大，踏上去發軟，很快還沁出水。葦子灘是沼澤地，天黑著再進去容易沉陷，即使沉陷不了也會濕鞋濕褲子的。安生說，咱就待在這兒看動靜，咱能想到葦子灘，追尋的人也會想到葦子灘，別碰上了。飛天說：我爹就在葦子裡。她小聲叫：爹——！爹——！安生捂了她的嘴，說：你爹如果在葦子裡，他總有出來的時候。飛天說：他出來了，你和浮水給放哨，我把爹領回去。安生說：沒腦子！能回去嗎，人家不會去你家搜嗎？到時候讓他過河往南溝裡跑，我們作掩護。他們就在一沙包上趴下來等候著飛天她爹出來，沒有風，鳥還在叫，偶爾傳來刷啦啦水聲，是一隻野鴨子或者老鸛飛起來，隨後一切又都安靜了。安生睏起來，但安生不能睏。浮水卻頭歪在胳膊彎裡。安生知道他打盹了，戳戳，說：你掐根草，折個小節兒撐著眼皮子。浮水說：你給我抓把炒麵，一吃就不睏了。安生在口兜裡抓炒麵，才發覺口兜裡的炒麵不知什麼時候漏得只有一半。抓了一把喂在他嘴裡，他又吐了，說是裡邊有沙子。

他們一直趴到天亮，都聽見村裡的喇叭響，沒有見到飛天她爹的身影，只有悻悻回來。在龍松下才聽到消息：逃犯抓到了，是李萬安和鄭風旗在尖角梁東的一個水渠涵洞裡發現的。發現時那人頭在涵洞裡，身子鑽不進去，屁股撅在外邊。拉出來問：叫啥？那人說：文北建。對上名了，鄭風旗說：你害得我跑了半夜，一隻鞋都拐爛了，你得賠鞋！就脫那人鞋，那人不讓脫，鄭風旗扇了幾個耳光，還是脫了鞋自己穿上，然後扭著那人胳膊押回了學習班。離開了龍松，安生和浮水對飛天說：瞧瞧，哪裡就是你爹了?!飛天破涕為笑，長長吁了一口氣，說：我睡呀，我回去睡呀，睡三天三夜。

※　※

兄弟，跟我上望春樹去。我給浮水說這話的時候，村裡剛開完大會，冉組長代表學習班領導小組在會上感謝我們村協助抓住了逃犯，並獎勵了李萬安和鄭風旗。浮水說：上望春樹？是的，我說，替飛天刻上昨天的日子呀！

還在巷道裡，遠遠地看過去，望春樹除了最高處還有一簇綠的黃的紅的葉子外，四周的枝椏全赤裸了，顏色黝黑，詰屈聱牙，像是無數的手伸向空中。在院子裡是看不到這景象的，而這要抓雲抓風嗎？當時雲是沒有，風還在悠悠地吹。但牠抓不住風。

進了院子，我把砍刀別在身後褲帶上就爬樹，浮水直搖頭，說樹幹太光他爬不上去。娘從上房裡出來拿著尿墊子要晾，她看見院子裡有浮水，又把尿墊子拿回了屋。娘，娘，我在問：咱家的梯子呢？我想讓浮水搭著梯子上樹。娘說：要梯子幹啥？昨下午馮開張借去了還沒送回來。沒有了梯子，浮水就看著我爬樹。我手腳並用，而且肚皮子不貼樹，浮水說我是猴子，卻突然叫道：樹冒煙了！

樹怎麼會冒煙呢，我沒有看到煙，也沒有聞到嗆味。我說胡咋呼啥的?!浮水說：真的是冒煙，樹頂上冒煙哩。我從樹上溜下來，站在他的位置上往上看，似乎在最高枝頭上有一團煙霧。娘也站過來看。我們看了一會兒，是無數的蜂在那裡飛舞，而且在那一簇枝葉裡還看到了一個葫蘆狀的泥疙瘩。是馬蜂?!雖然看不清楚蜂是不是通體發黃，背上是不是還有一條黑紋，可只有馬蜂的巢是用泥做的，那麼大的一個泥葫蘆，就肯定是馬蜂了。我和浮水，還有娘，頓時都嚇住了。

在我們這一帶，蜂是常見的，以前毛順老漢養過蜜蜂，那是在屋簷下架著一個蜂箱，每年可以收割幾斤蜂蜜的，後來不知怎麼就不養了。也有著野蜂，多在坡崖土塄的酸棗刺叢做巢，那巢都小，一窩蜂數量也不多，如果驚動了就螫人，螫出一片紅疹子，澆上尿或塗抹上鼻涕就止痛消腫了。但馬蜂極少見啊！老孫頭曾經說過：村裡實行公社化的那一年，河堤上的一棵樹上有了馬蜂巢，那巢有臉盆子大。賀新才說馬蜂巢是中藥引子，召集了幾個人穿了蓑衣，帶著火把去燒蜂巢。是燒死了成百隻馬蜂，可第二天中午，賀新才套了牛犁地，幾隻馬蜂突然飛來，他鑽在牛肚子下，馬蜂就螫了牛。牛亂跳亂蹦的，把他從地塄撞下去摔斷腿，從此成了跛子，而牛當天夜裡也死了。馬蜂會報復，而且窮追不捨，村裡人就忌憚了，以後但凡見到馬蜂巢，就誰也不敢動了。

望春樹又出現了馬蜂巢，娘是嚇壞了，跑去告訴了武主任，武主任領了人來看。看了都說這蜂巢捅不能捅，燒不能燒，束手無策。而馬接續在搿涼腔：怪呀，咱這兒咋就有了馬蜂巢？老孫頭說：這有啥怪的，咱這兒不是就有了學習班嗎？馬接續說：我是說，蜂巢偏偏就在他家的樹上，馬蜂可是毒大，又最能報復的。老孫頭說：你這啥意思？那邊老孫頭和馬接續聲一高，武主任就給我娘說：多虧望春樹高，那就讓牠在樹頂上吧。我娘說：是不驚動牠，牠就不螫人嗎？武主任說：應該是這樣吧。

可馬蜂在樹上，樹又在院子裡，這就像個炸彈始終懸在頭頂上。村裡人就很少到我家來了，路經院門口也都眼盯著樹梢，匆匆而過。娘一再叮嚀我：再不敢爬上樹啊，再不敢用腳蹬樹或用木棍敲打樹啊，再不敢往樹上擲扔石子啊。我聽娘的話，可我一直堅信，馬蜂能築巢在望春樹上，馬蜂肯定是不會傷害的，而且有了牠，誰也不能輕易再來尋我家的事的。

在以後的日子裡，村裡人看望春樹，樹頂上常有一團煙霧，或大或小，有時還游離了，像一片薄雲飄在村子的上空，又飄出村子的上空。青蛙就再沒有停止過叫喚。

※　※

學習班獎勵了李萬安和鄭風旗一人一個搪瓷缸子，缸子上印著「把無產階級文化大革命進行到底」的字。這搪瓷缸子是為學習班管理人員特製的，李萬安拿了缸子，說：缸子裡也不給裝個饃饃?!當下舀了一缸子涼水喝了。而鄭風旗一直沒捨得用缸子，放在中堂櫃蓋上的插屏鏡下。別的參與追拿逃犯的人，武主任指示都記十分工。就在學習班整頓防範紀律，圍牆上開始架設鐵絲網時，學習班裡又出了事：一個姓翟的反革命分子死了。

還是馬接續，靈通人士，他從學習班回來的人那裡得到消息，姓翟的是縣農校的一位幹部，福建人，說話像鳥語。學習班的人，包括管理人員和那些被管理的人，甚至團結村去幫工的，都叫他是鳥人。鳥人發覺他們宿舍裡有人和團結村幫工的勾結，拿衣服換吃的，但他說話幫工的聽不懂，怕出漏子，相互沒有交集。這一天，鳥人發燒感冒沒有去開批鬥會，趁機偷吃了同宿舍人私藏的吃食。同宿舍是六個人，為了不被察覺，他是把每人的都吃了一些。但晚上還是被大家發現了，另外五個人就一起打他，打他又不能讓他叫喊，一人就屁股坐在他臉上，另外四人拿拳頭打他肚子，要把吃進去的東西打出來。口鼻被屁股壓著，髒物從肛門噴出來，毆打才結束。第二天早上，同宿舍人都起來去舍外點名了，姓翟的沒起來，看守去看時，一揭被子，人已死得硬邦邦。

這件事發生後，冉組長才知道學習班有衣物換吃食的現象。這當然也屬於管理不善問題，他沒有向上彙報，而是打報告給縣革命委員會，希望學習班的供食能每人每天增加二兩。報告很快有了回復，全縣糧食緊缺，不可能再增撥，而鑒於學習班特殊狀況，特把從新疆調配來的胡蘿蔔乾給撥來了四百斤。冉組長就把團結村來的人，看守的、幫廚的、燒水的、打掃衛生的，集中起來嚴加訓斥，強調以後再發現有用衣物換吃食，一律清退，還要通知武主任，不能在村裡記工分。

去學習班的人再不敢拿衣物回來，飛天給她爹的吃食和旱煙絲，也沒人肯帶進去。第三批輪換去的劉鐵栓說：那裡允許家屬送東西的，你自己去找門衛。飛天不知是真是假，自己又害怕去，就把安生叫上。安生說：上天入地我都去，就是不去學習班，我見不得那鐵柵欄門！飛天便流眼淚。飛天啥都好，怎麼和娘一樣，就是愛流眼淚，安生罵一句：尿水子恁多！飛天竟哭得破了音。安生心裡又長了草，去找浮水，兩個人帶她去。飛天給她爹炒了三個雞蛋，煮麥麵和豆麵摻在一起擀的麵條，撈了碗用手巾包著，還拿了包旱煙絲。距離鐵柵欄門還有一里遠，安生不走了，看著飛天和浮水去。飛天和浮水在鐵柵欄門那兒和門衛說了好久的話，後來是門裡有人來拿了吃食，他們才返過來。飛天還是哭著，手裡提著手巾包的碗。／沒有收吃食？／收了。／那還哭啥？／是我爹出來收的，他立在那裡把一碗麵和雞蛋吃了。我看見我爹人脫了形，一個耳朵少了一豁。他吃著麵，手抖得把麵挑不住，是刨著吃完的。／我爹也是雙手抖，等回來了慢慢就好了。／我看到我爹那樣子我倒沒哭，他說到我婆，他哭了我才也哭的。／說到你婆啥了？／我說爹，我婆要我問你，你是不是打死了遊擊隊偵察員？我爹說，那是一夥人在亂打，咋就是我打死的，誰知道他是遊擊隊偵察員呀?!我爹讓我孝順我婆，說我婆再有十天就過八十四歲生日呀，到時把生日過好，替他給我婆磕三個響頭。／安生看著飛天，飛天也看著安生，她可憐巴巴看著安生，安生不再看她了，低頭就走。浮水說：你咋走了？走得恁快呀，你等等！安生沒有等他們，越走越快。

院子裡，娘拿著蒼蠅拍尋著打蒼蠅。蒼蠅落在臺階上，打住了一隻丟到水坑去喂青蛙。蒼蠅落在樹身上，打住了一隻，丟到水坑去喂青蛙。打到第三隻，怎麼都打不著，蒼蠅反倒落在蒼蠅拍上。正又氣又笑，安生回來了。

／娘，我給你商量個事。／喲，還給我商量事？／咱家還有麥麵沒？／咋啦？／能擀一碗純麥麵的麵條嗎，能蒸一個北瓜大的饃饃嗎？／你口氣大！就是有麥麵，能這樣瞎吃濫喝?!／……／你咋突然說這話？／沒有了就算啦，我只是想想。／你真是會想！／

安生是三天都沒有去見飛天。第四天，曹頭柱安排又要犁學習班圍牆東邊那塊地，他掌一張犁，岳發生掌一張犁，而喊安生給他套牛。安生不情願給他套牛，但他是二隊的隊長，安生又不能不去。到飼養室牽牛時，浮水在飼養室，正和老孫頭置氣。老孫頭一見安生就說：好了好了，你和安生幹。安生問啥事，浮水說：他讓我把倉庫樓上的麥糠弄到飼養室來。那二十多背簍的麥糠我咋弄得過來。何況那麥糠沾在身上螫人哩！老孫頭說：麥糠是蜂呀，能螫死你?!安生說：曹伯讓我套牛的呀。老孫頭說：你和浮水倒騰麥糠，套牛讓別人去，我給曹頭柱說。安生嘴上說這行不行，曹伯那人難說話，心裡想：曹頭柱，我不看你黑臉了！老孫頭真的去給曹頭柱說了，安生和浮水拿了背簍就去了倉庫。

倉庫原本是張家的祠堂，三間上房，東西兩間廈子屋。公社化的時候張家祠堂收為公有，變成了村委會辦公屋。文化大革命初，武主任重新修了村革委會辦公屋，張家祠堂就又做了村倉庫。東西廈子屋堆放著大型農具，比如犁杖，耙耱，麥場上起麥草的杈，推板，大小笸籃，秤，碌碡的撥枷，牛軛頭，拉板車，撇繩，還有蓋新村革委會辦公屋剩下的檁條，椽，綻板，還有春節鬧社火的鐵芯子，鑼鼓，鐃鑔和長號。上房高，有泥樓，下邊有多個柳條編製的葟子，裡邊盛夏秋兩季收回來還沒分的糧食，棉花，紅薯芋頭。上邊則是放著給牛存的飼料，要麼是豆稈豆葉，要麼是麥糠。現在豆稈豆葉積壓了半個泥樓，留著冬天和來年開春給牛吃，而那堆麥糠得運到飼養室。安生和浮水登梯子上樓裝滿了一背簍麥糠，再下梯子背到飼養室，一趟得兩鍋旱煙的工夫，總共每人得跑十次。滿身都沾了麥糠，一出汗，頭上、臉上、胳膊上，針扎似的疼。終於在泥樓上收拾了最後兩背簍麥糠，安生和浮水坐下來歇息，猛地發現泥樓的牆上一圈都是壁畫。安生說：這是啥時候畫的？浮水說：一直都有的，只是你沒注意過。安生說：沒注意就是沒有，咱出了這麼大的力氣，壁畫才出來讓咱看哩。他走近去，石灰搪成的牆皮上用墨畫的圖是單幅又像是連環畫，每一處還都有文字。看過了「蘇武牧羊」。看過了「關公單騎走千里」。看過了「月下追韓信」，突然眼前一亮，那畫中的桌子上是一個盤子，盤子裡放著兩個桃子，桃子大如大碗公。安生叫道：你快尋個刀來！浮水說：要刀？安生說：把這兩個桃子割下來！浮水過來看了，那畫題寫的是「兩桃殺三士」，說：你看清，這是牆皮上畫的桃子，吃不了的。安生說：飛天她婆要過生日呀，咱給她送不了長麵蒸饃，就獻上這桃子，壽桃啊！浮水哦哦地叫著，對安生佩服不已，說：這我咋沒想到?!浮水跑回了他家，取了切菜刀，安生小心翼翼在牆上先刻出一個方塊，再慢慢往下割，割下來怕裂斷，又平放在那裡。等把最後一背簍麥糠背去了飼養室，兩人又去了浮水家熬了些糨糊，尋了個小木板，再次到倉庫，把壁畫黏貼在木板上，用衣服蓋著端回家了。

飛天給婆過生日，才擀好了麵條，婆從院外回來，手裡拿了一個小圓鏡，然後坐在門檻上擦她腳上的土。飛天說：那鏡面模糊不清了，我都扔了你咋又撿回來？婆說：這個鏡子好，照著顯得臉白。安生和浮水就進了院，想笑，又沒敢笑。飛天說：你們咋來啦？安生說：給阿婆祝壽呀。飛天就給婆說：婆，婆，他們來給你過生日啊！婆說：過啥生日哩。卻問安生：你爹都好？安生說：好。又問浮水：你娘還咳嗽不？浮水說：咳嗽還咳嗽，不打緊。婆說：天越來越冷呀，咳嗽病不敢著涼的。三個人說著話，麵條煮好了，飛天先撈了多半碗，裡邊還臥了個荷包蛋，端給了婆，然後給她，也給安生和浮水各撈了少半碗。安生和浮水不肯吃，飛天說：多少吃幾口，不讓你們全吃，咱們把各自碗裡的麵條給我婆碗裡夾些，就是給老人添壽哩。三人便夾了麵條給了婆，飛天趴下磕頭，磕了三個響頭，又替她爹磕了三個響頭。安生和浮水這才拿出了壁畫，說：阿婆阿婆，獻兩個桃，祝你萬壽無疆！也趴下磕頭。飛天一時愣住，感動得簌簌掉淚，卻說：萬壽無疆呀，嘿嘿，我婆是毛主席啊！話未落，院裡的青蛙突然不叫喚，院牆頭上往下掉土，一個腦袋一晃，就不見了。倒是婆大了聲地說：毛主席萬壽無疆！毛主席萬壽無疆！安生醒悟過來，便開了院門看，巷道裡走去的是馬接續的背影，而遠處巷口的電線杆上站著一隻斑鳩，羽毛翻亂，一副寒相。

※　※

天氣說冷就冷了，人都開始袖著手，見面問候著吃了沒，嘴裡鼻裡倒是噴出一團白氣。薛紅星和白承禮都是在夾衣裡裝上棉花便成了棉襖，也都不繫釦子，懷一掖，腰裡勒個東西。但白承禮勒的是麻繩，而薛紅星勒的是夏天裡從劉有餘手裡換來的一條皮帶，純牛皮的，還有一個亮燦燦的皮帶插。冬至那日，出了太陽，但還是冷得颼颼，臉皮疼，耳朵窟窿裡邊疼。村革委會召開了政治學習會，會一散，婦女們就都回家去捏餃子。按風俗冬至要吃餃子，不吃餃子就要凍掉耳朵的。村人捨不得用純麥麵捏餃子，差不多的人家在麥麵裡摻了豆麵、紅薯麵，或者日子過得更仔細的，只拿紅薯麵、蕎麵來捏。飯時，一夥人端了碗在劉有餘家院門外聚堆兒。薛紅星也在那裡，他碗裡的餃子是純紅薯麵捏的，而且是蒸餃。一邊吃，一邊說他那一年在方鎮吃餃子的事：一人八兩麥麵粉，半斤豬肉三個蘿蔔剁了做餡兒，一人一包一煮，都吃了，還喝了一碗麵湯。他這麼一說，大家就知道他又要講文化大革命初期武鬥時的英武了，那是他參加的一派和另一派在方鎮激戰了兩天一夜，另一派潰敗了，他們打開了糧店和肉店，放開了肚皮吃餃子。可這故事他已經說過多次了，大家不願意再聽，說：好漢不提當年勇！你今天卻吃的是黑餃子。薛紅星說：紅薯麵的能不黑？人又說：哦，還是蒸餃！薛紅星再說：紅薯麵煮不到鍋裡，能不蒸?!說畢，覺得別人在嘲笑他，放下碗，說：吃撐了吃撐了！把皮帶往鬆裡放，還把皮帶插對著太陽，說：這把人眼耀的！劉有餘看著薛紅星的神氣，有些後悔，說：我再給你四個紅薯，你把我的皮帶還回來。薛紅星當然不，把皮帶再繫緊，說：這皮帶是你的嗎，那是縣政府一個走資派的。劉有餘就生氣了，說：你起來！薛紅星說：為啥？劉有餘說：你坐的是我家的石頭！把石頭抱起來放到了院裡。

到了傍晚，颳起了風，只說要下雪的，不是雪，漫天的沙塵。村裡出現了一個女人，五十多歲吧，頭髮花白，被風吹得像茅草，而兩個高顴骨卻紅紅的。這女人在水泉裡喝水，喝過了搖搖晃晃地經過石碾子，好像腹中難受，就勢躺在了碾盤上，浮水娘在挑水時看到了這女人，近去說：你是哪裡的，誰家的親戚？那女人看著浮水娘，從碾盤上坐起來，卻沒有回答。大冷天的，浮水娘說，這碾盤涼，不敢躺的。那女人眼睛撲忽撲忽，還是沒回答。浮水娘自己又咳嗽，挑著水走了。在巷口碰著武主任和一隊隊長齊在家，問過吃了沒有，就說碾盤上咋睡了個啞巴，是誰家的親戚？武主任說：這冷的天，誰家親戚能睡在碾盤上，是不是流竄犯？縣革委會才下達了嚴加治理流竄犯的通知，這我去看看。武主任和齊在家到了碾子那兒，齊在家說：臉上兩坨紅，這是甘肅人。武主任就問：你是甘肅的？那女人見問話人方臉闊嘴，披了件棉大衣，她說：不，從我們村再過一條溝了才是甘肅。從懷裡掏出一張紙，展開來，紙裡夾著一遝糧票和毛毛錢，把糧票和毛毛錢又裝到棉襖裡的口袋了，紙遞給了武主任。武主任看著，說：哦，是陝西旬邑縣的，那和甘肅交界麼。來看你丈夫，你丈夫在學習班？那女人突然流眼淚，說：我聽說他在學習班了，他身體一直不好，我得來看看。齊在家大聲叫起來了：反革命家屬呀！走吧，反革命家屬在村裡胡轉啥？走吧走吧！那女人說：我見過我丈夫了，沒有車再到縣城去麼，想在村裡尋個人家住一夜了，明天就走的。齊在家還在推著那女人離開，女人就坐在了地上，說她頭暈，肚子疼，實在走不動了。武主任看看天，已經很晚，便對齊在家說：公路上是沒有班車去縣城了，你領她到……誰家住得寬展？齊在家說：誰家再寬展也不願留反革命家屬吧，那去找薛紅星？武主任瞪了一眼：問問安生家，他爹待過學習班，他們或許肯留的。

安生不在，娘才攙扶著爹在上房臺階坐下，聽見院門響，去隔門縫看了，貓一樣地過來，悄聲說：是齊在家。爹就示意再攙扶他到炕上去。院門還敲個不停，娘是開了門，齊在家說：來了個反革命家屬，武主任讓你家收留一夜。娘立即說：隊長隊長，她是反革命家屬咋就讓我家收留，安生他爹現在不是都回來了嗎？齊在家說：這是武主任的指示！說罷便走了。那女人說：大嫂，我不是反革命家屬，我男人還沒定性，只是進了學習班，我來看看他，天黑不得回縣城了。娘說：我家實在沒地方呀。那女人靠著院門，臉色一陣蒼白，而手裡的包袱掉在了地上。娘轉身卻進了上房，再到臥屋給爹說了那女人的事，過一會兒出來，把地上的包袱拾了，塞在那女人懷裡，說，你進來，你進來，家裡再窄狹總是暖和麼。

這女人叫方起琴，她把她的情況告訴了娘：她男人在縣電力局工作，原本是野外架電線的，因為愛看書，能寫文章，就抽調到了局辦公室寫材料。文化大革命一開始，局長是走資派被打倒了，她男人也以黑筆桿子的罪名被揪出來批鬥。批鬥就批鬥吧，人在屋簷下了就低頭麼，可她男人不服氣，和人家論理，甚至被扇耳光了，扇得滿口是血掉了一顆牙，他還把血和那顆牙噴到人家臉上。他就是這樣被送到了學習班。社會上都在傳說學習班裡無產階級專政特別厲害，伙食又極其差，她婆婆就整天在家哭著要見兒子。可婆婆九十多歲的人，走不動呀，她才一個人來的。她是帶了一大紙盒餅乾，煮了十二顆雞蛋，攤了八張餅子，還炒了一小袋黃豆。臨走的時候婆婆把自己的一條腰帶讓給兒子拿上，婆婆的腰帶用五色麻線編的，說讓兒子繫上了就知道娘在想他，等他早日出來了回家。她把吃食送去了學習班，但她在大門口不能進去，她男人出來收的。她男人瘦得像紙疊的，風一吹都能上天啊！她男人當下把腰帶繫上，跪在地上叫娘。他們就隔著鐵柵欄門哭，哭了一會兒她男人又被帶走，而她還在那裡哭。她覺得她把所有的眼淚都在那時哭乾了，等哭過了，才發覺天不早了，沒有了去縣城的班車。

方起琴說著，人像泥一樣撲遝在那裡，有氣無力。／你還沒吃飯吧？／早上從縣城搭班車時吃了碗米粥。／哎呀，你帶了那麼多吃的，自己餓一天！／我原本留一張餅子給我的，可一想，我在外邊啥都好說，能讓他多吃一口是一口麼。／娘起身去做飯，方起琴便掏了糧票和一毛錢，娘說：我不要你糧票和錢，我也給你做不了啥好吃的，做些糊糊，咱都哄哄肚子。做的包穀麵糊糊，沒有菜，擦了個蘿蔔，把蘿蔔絲煮在裡邊。方起琴倒喜歡地說：蘿蔔絲就是麵條。

※　　※

自從方起琴在我家住過了一夜，我家裡就陸續待過許多外地來的人。有的是有工作的，臉白白的，穿著整潔，有的是農村人，蓬頭垢面，說話帶著濃重的方言。他們都是從縣裡邊遠的地方或是別的縣趕來學習班探視自己的親人。來了就帶著衣物和吃食，在學習班大門口和親人見個面了，然後在柵欄門外哭。這些人有的哭過了看天色還早，便在公路上搭過路班車或徒步去了縣城再返回原籍，有的一時返回不了，到團結村來。來人到村裡當然會被村人盤問，他們說了情況，希望行行好，能在哪兒喝到水吃到飯。盤問的人就說：啊，咋又是這樣的！你去前邊那巷道，院子裡有棵望春樹的那家。這些人尋到我家，我娘收留下，沒有吃飯的給做一頓飯吃，晚上走不了的還要住的，就又在灶膛前麥草鋪了地鋪讓過夜。夜裡，我娘要陪著他們說一陣話，我娘知道了好多人的身世，也知道了好多人在學習班裡的狀況，流下眼淚。這些人離開時，都要給我家留些糧票呀，錢呀，我娘不肯收，他們便把二兩四兩糧票和一毛錢兩毛錢塞在我放在臺階上的破鞋裡，出院門了，才說：你收拾一下你兒子那鞋！

後來，來了一位縣東鐵峪鋪公社的人，她是接到了學習班的通知來接領她丈夫的，她丈夫問題也是被查清了要釋放的。但她去接領時，卻被告知還得三天，她就住在了我家。因為她也是有工作的，吃住在家，每天給我娘四兩糧票和四毛錢，我娘盡量地做了好吃好喝。到了第四天一早，她去學習班把丈夫接領了，再來我家，那男的竟然說在學習班裡見過我爹，我爹問起他怎麼推遲了三天才出來，那男的說他被決定釋放時，質問過索東輝為什麼嚴刑拷打他，為什麼他交代的問題不真實記錄？索東輝惱羞成怒，偏不讓出去，連續三個晚上把他雙手銬在桌子腿上，站不起來，又坐不下去，就那麼蹲著。那是我看到我爹回來後說得最多的一次話，也是我爹第一次開口罵了索東輝。我插嘴說：索東輝最近是不是就不出學習班？我爹瞪了我一眼，說：大人說話，你多啥嘴?!那對夫婦吃了飯要走呀，女的又掏了糧票和錢，我娘問：你還有多少？那女的說：就這四兩糧票三毛錢了。我娘說：你要給就給四十斤糧票三十元錢，要不一兩一分我都不收。我娘堅決不收，還要再煮些芋頭讓他們帶上在回去的路上吃，她取了十多個芋頭刮皮，著我去水泉裡挑水，越快越好。我挑起空桶出了院門，那女的攆出來，從頭上把她的頭巾摘下來給我，說：這頭巾還是新的，你揣懷裡，先不給你爹你娘說。

我到了水泉，一個人在那裡磨芋頭。芋頭一般是用刀片子刮皮，他卻在石頭上磨。我看了看，知道是村西頭傻子，但叫什麼名字不知道。把頭巾取出來抖著看，確實是那種在方鎮商店裡能看到的頭巾，這樣的頭巾團結村有三個人戴過，但樣式和顏色都沒這條頭巾好看。我當時就想著這頭巾要送給飛天的，疊起來正要再揣進懷裡，錢生櫃的兒媳婦提了一籃子衣服來洗，說：安生，你手裡拿的啥？頭巾，我說，還抖了抖，問：好看吧？錢生櫃的兒媳婦說：好看！哪兒來的，是別人從學習班弄出來的？我不想讓她知道來路，順口說：就是。她說：拿啥換的？我故意誇大，說：一個白麵饃饃換的。她說：你家還能吃白麵饃饃呀？伸手把頭巾拿過去再看了看，卻不退還我了，說：是女人戴的頭巾，你要這幹啥，我給你兩個白麵饃饃換。我不換。她說：不換都不行，不換就是你在哪兒偷的，你碎慫做賊，我告訴你娘去！我一遲疑，她便擰身走了，回頭說：你等著，我這就回去取饃饃，麥麵白饃饃！我只好在泉邊等她。過了一會兒，她果然拿了兩個饃饃，我把饃饃接到手裡了，卻發現並不是麥麵白饃饃，是白包穀麵蒸的，才要質問她，而這時一直在磨芋頭皮的傻子站起來，突然從我手裡把一個饃饃搶了就跑，我攆他，他繞著池子跑。繞了三圈，他從池子下邊流水渠上往過跳，跌在了水裡。爬起來再跑，就一邊跑一邊吃饃饃，吃得噎住了，我抓住了後襟，他也不再跑，呸呸呸，在還剩下的半個饃饃上吐唾沫。我不奪饃饃了，罵道：我×你娘！拿手在他臉上抓，他的臉盡是鬆皮，抓住了一扯，整個臉似乎都扯過來，五官全變了，醜陋又害怕。

我那一天十分痛苦，不僅僅是一個饃饃被傻子吃了，更是我沒有把頭巾送給飛天。我給她說這件事，在那個天剛剛黑下來時，我在澇池邊碰著了她。她正用掃帚掃路邊的枯草。冬天裡要燒炕，但燒炕沒有柴，村人都是掃路邊的枯草，把草葉草根以及塵土掃下來在炕洞裡煨火，那火不起明焰，卻一直冒煙，使土炕一整夜都保持著熱度。是嗎？她停下了掃帚，臉蛋和耳朵凍得通紅，雙手在嘴邊哈著熱氣，然後說：那不是我能戴的，即使別人不指指點點，我爹都那樣了，我還有啥心情臭美？我看著飛天，一時倒無語，悶了一會兒，說：那你想要啥？你說你想要啥了，我給你弄！飛天把掃帚抱在懷裡了，偏乜著眼往天上看，說：我要星星。我也抬頭往天上看，天上有了星星，星星還不是很多很亮，而旁邊的楊樹上有著一個鳥窩。我說：星星我摘不了，我給你好吃的，那窩裡或許還有鳥蛋吧。說完，我就在手上唾唾沫去爬樹。飛天說：天黑了，凍手凍腳的，別爬。而我已經爬上一丈多高。還往上爬，樹就搖晃起來，樹上的窩裡便飛出一隻鳥，嘎嘎地叫。飛天有些驚慌：快下來，快下來！我就是不下去，越爬越快，我就是要顯示我的本領，一直爬到了樹梢，樹搖晃得更厲害。我一手抱著樹身，一手伸進窩裡探試，我說：真的有蛋哩，三顆蛋！摸住了一顆往衣服口袋裡裝，不料，沒裝上，鳥蛋掉了下去，掉在地上就砸濺得只剩下一點蛋皮。又摸出了一顆，再往口袋裡裝，樹劇烈一擺，裝在口袋裡的鳥蛋就在身子和樹相撞時碎了。我覺得我丟人了，沒吱聲，再摸出來第三顆蛋，把蛋噙在了嘴裡，從樹上溜下來。蛋不白，有著麻點子，我給飛天，飛天不要。你必須要！我說得有些強勢，飛天把鳥蛋接了。我再說：你現在就吃。飛天說：生吃？我說：雞蛋能生吃，鳥蛋也能生吃，你磕一下皮就吸，你吸！飛天把鳥蛋在掃帚把上磕了一下，拿嘴去吸。／香吧？／腥。／腥也香麼。／腥還香？／你聞你聞。／她把嘴伸過來。伸過來的嘴皺成個圓洞，洞口肥敦敦的，洞裡能看到牙的白。我那時就有些暈。多少多少個在地窖裡的夜晚，我眼前總能浮現出她的眼睛她的鼻子和她的嘴，現在嘴冒著熱氣，濕漉漉的，就伸到了我跟前。我的嘴唇要碰著她的嘴唇了，舌頭先出來，飛天的嘴一下子閉合了，身子退後去，說：你和魚響河一樣壞，我頓時冷靜，卻說：魚響河親你了?!飛天說：他沒親上。倒怪怪地笑。我想像著那是什麼時候，又是什麼情景，就有了嫉妒和憤怒，說：他怎麼敢親你？你不能讓他親，就不要走近他，你見了他就躲開，你知道不知道，你還笑？你聽見了沒聽見?!飛天在說：聽見了！誰也別想占我便宜！卻把籠筐讓我提著要回村，說了一句：我哄你哩，鳥蛋不腥，香得很，你以後要給我摸鳥蛋！

我答應了她。此後走到什麼地方，只要看到樹，我就看樹上有沒有鳥窩。只要有鳥窩，我當然是爬上樹去窩裡摸鳥蛋。但我再沒有摸到過鳥蛋。

※　　※

又過去一個月，派去學習班的人再次輪換。所有的貧農戶都去過了，新一輪又開始，看守的還是李萬安、錢生櫃，打掃衛生的是王來銀，燒水的是劉有餘，幫廚的是封雲林、吳家富、李超越。王來銀很快就問過安生：換東西不？不是學習班管理嚴了嗎，安生說：怎麼還敢拿東西換?!王來銀說：你吃了上頓還吃不下頓？安生不吭聲了。王來銀拿出來的是一個黑布褂子。這黑布褂子是對襟扣，爹穿中山裝或紅衛服，而自己穿了也太大，安生沒要，問：有沒有頭巾，帶花紋的有顏色的最好。王來銀說：那裡是商店呀，你想要啥就有啥？有一副眼鏡。安生也生氣了，說：不換！扭頭走了。

這期間，學習班又死了三個人。每一次死了人，都是村裡派人去掩埋，價錢還是一元錢。埋人的事武主任就再不讓貧農戶去幹了，好事要照顧到更多的人家，就分別派那些中農戶。許歡喜和岳發生去了一次。邢互助和來生運、白承禮去了一次。馬接續和薛紅星去了一次。薛紅星拿到了五毛錢後，不到村裡的代銷店，而跑了八里地去趟方鎮，夜裡也沒有回來。第二天被人用架子車送回到村革委會辦公屋時，他已經半個臉是青的，左眼眉上還有個傷疤，黏著止血的雞毛。過後，村裡傳開了：薛紅星去了方鎮供銷社用五毛錢買了一瓶酒，一斤餅乾，一個人就坐在供銷社的臺階上獨吃獨喝。到了天黑，喝醉了，從臺階上跌下來吐。

吐出來的東西一隻狗吃了，狗也醉了。過了一夜，天亮了被人發現，那人掏他上衣口兜，口兜裡什麼都沒有，再掏褲子口兜，他醒了，要打罵那人，卻沒力氣站起來。那人說我是要拉你的，就問他是哪裡人，他說團結村的，就是以前的雜村，還說了村革委會辦公屋的電話號碼。那人便到鎮郵電局撥通了電話，要雜村來領人，武主任答應給人家四毛錢，那人才用架子車給送了回來。

薛紅星身上有傷，待雞毛還沒從眼眉上取掉，便若無其事，又在巷道裡顛著雀步閒逛。他遇到白承禮，白承禮嘲笑：呀，這是從哪個戰場回來的英雄掛彩啦?!薛紅星說：白承禮你聽著，你偷吃了個蘿蔔村裡給你開批鬥會哩，我吃餅乾喝燒酒，村裡掏錢雇車接我回來的！說話著，巷道裡過來了一個女人，薛紅星不理了白承禮，待那女人走近，卻厲聲喝問：沒見過你，你是誰？女人說：我不是你們村的，我去安生家。那女人走過了，薛紅星、白承禮還盯了半天，白承禮說：這是啥穿著呀，大冬天的一身白？薛紅星嘻嘻著：還不錯麼。

這女人就是方起琴，頭上罩個白帕子、黑棉襖套了件白衫子，鞋頭上也縫了塊白布，背著包袱，拄著木棍，人比先前又老了幾歲。她在敲安生家的院門，院門一開，叫聲嫂子，倒在安生娘的懷裡就放聲大哭。這一哭，驚天動地，院裡的青蛙不叫喚了，左鄰右舍的青蛙也不叫喚了，整條巷道裡都沒了青蛙聲。安生娘問：咋啦咋啦，這是給誰戴孝啊？方起琴說：給我婆婆戴的，也是給我男人戴的。

方起琴說她的可憐。她說十天前，她接到了通知，是她男人在學習班死了，至於怎麼死的沒有講原因，只讓她第二天就來搬屍。這消息如晴天霹靂，她婆婆當下一頭栽到地上斷了氣。婆婆一死，她想著她男人的屍體學習班肯定會存放著，就先處理婆婆的後事，等把婆婆安埋了，再動身來搬屍。她說，她去了學習班，卻又被告知因她第二天沒來，她男人的屍體已掩埋了，掩埋在了尖角梁後的溝裡。她說：學習班派了個人帶她去的尖角梁後溝，那裡有十七八個墳丘，帶她去的人說，每個墳丘前都有個磚頭或石頭上寫著亡人的姓名，她轉著看遍了，一半墳丘上是有磚頭或石頭，上邊寫著人名，而一半就沒見有個磚頭或石頭。她尋不著她男人的墳丘，一撲遝倒在地上哭。帶她去的人是個好人，就坐在一邊等她。她這一哭，哭到太陽要落了，帶她去的人勸她：你先住到團結村吧，明日再來尋你男人。她就從尖角梁後溝來了村裡。

這一夜，安生娘還是在廚間挪開了甕和麻袋鋪了麥草，安頓了被褥，讓方起琴去睡。但方起琴不睡，拉著安生娘說話。整整一夜，她都在講她上次來，她男人虛弱是虛弱，但腳手好好的，吃呀屙呀的都正常，怎麼這兩個月不到，人就沒了？她反覆問安生娘，安生娘就說：原來有啥病沒有，會不會是心上和腦子裡的病，那是說來就來的。沒有，她說，從來沒見過也沒聽他說過心上和腦子裡有病呀。安生娘再說：會不會挨了打，一時想不通……安生娘不願說是審查時被打死的或自殺的。她說：不知道呀，我一點不知道呀。上次見他，我還叮嚀，你有啥你就坦白交代，別沒眼色死杠，死杠了就會挨打的。他說這我知道。我再叮嚀，不管怎樣，不敢想不通了做傻事，你要好好活著，啥想不通了就想著家裡你還有老娘，你還沒個兒哩。他也是答應了我的。方起琴說著就哭。她哭，安生娘也陪著哭。哭聲傳到臥屋，安生爹沒有罵，但不停地咳嗽和發出啊聲。

到了天亮，娘喊著安生起來去水泉裡擔水。安生在三岔巷道碰著了劉有餘，劉有餘走得急，一邊走一邊撲撲撲地放屁。安生說：有餘叔，吃什麼好飯食了，這麼多屁！劉有餘說：饑屁冷屎，你叔肚子饑著。卻又說：昨天那個女的去你家了嗎？安生說：誰個？劉有餘說：外地的，臉上兩團紅。安生說：你咋知道？劉有餘說：我領她尋她男人的。原來劉有餘帶方起琴去的尖角梁後溝，安生就問起方起琴她男人的事，劉有餘說她男人是吃死的。方起琴的男人是吃死的，現在還有吃死的？安生簡直不相信自己耳朵。是吃死的，劉有餘說，甚至笑起來。她男人和七個人在一個宿舍裡，那七個人都沒有家人來探視，也就除了灶上每日三頓包穀糝稀湯煮紅薯或蕎麥麵糊糊煮芋頭，再沒可以進肚的東西。突然她男人有了那麼多的燒餅、雞蛋、餅乾和炒黃豆，眼睛全綠了。但她男人把吃食看得緊，每天就吃那麼一點，吃過了用被褥包起來，再用繩子綁緊，籌畫著要吃三個月。一天他被審訊回來發現綁著的被褥不對勁，打開了，裡邊的燒餅、雞蛋、餅乾沒有了，就剩下那一小袋六七斤的炒黃豆。他問誰偷了他的吃食，宿舍裡的人都說不知道。他端了一碗水，讓每個人漱口，結果每個人吐出來的漱口水裡都有燒餅、餅乾和雞蛋的渣渣，他就日娘搗老子的罵。罵得難聽，大家動了手。七個人合夥打他一個，他當然打不過，一氣之下就吃起炒黃豆。他覺得與其讓別人偷不如吃到自己肚裡，吃起來他就沒停，一把一把往嘴裡塞。吃得咳嗽，吃得嗆口，吃得打嗝伸脖子。他竟然坐在那裡把一小袋炒黃豆全吃完了。吃完了口渴，喝了一碗涼水，又喝了一碗涼水。人坐在那裡立不起來，但口還是渴。宿舍裡沒水了，他拿了碗要去宿舍外找水，一出宿舍，口裡往外噴東西，還說了句：不敢吐，不敢吐，這肚子咋這疼的！就倒下去，在地上打滾。那七個人見狀，說：你吃麼，你吃麼，好吃難克化！他還在地上滾，像一條蟲子在鱉，後來鱉不動了，在擰眥，喘著氣說：我要死呀！那七個人說：你死麼！沒有去報告看守，也沒有叫喊。他真的就趴在那裡，腿蹬了蹬，死了。劉有餘給安生講著並沒有悲傷，安生聽著也沒有什麼害怕。／死了？／死了。／他真的是吃死的？／真的是吃死的。／安生還要劉有餘再說說，劉有餘還要急著去學習班，不願說，就走了。

※　※

安生擔了水回來，方起琴又是哭，娘已經不陪她哭了，在說：他不顧及你了，撇下你就走了，還哭他幹啥？方起琴說：我可憐他麼。安生插了話：他才不可憐哩，他是吃死的，那有啥可憐？娘瞪了一眼，安生不說了。吃早飯，當然還是包穀糝湯，稀得能洗臉，安生就又想起吃死了的方起琴男人，坐在那裡發愣。娘拿筷敲他的頭，他說：也不煮些豆子。娘說：你倒彈嫌了飯碗子！吃了你陪你姨再到尖角梁後溝尋人去。

飯後，安生和方起琴到了尖角梁後溝，方起琴還是不知道哪個墳丘裡埋的是她男人。／他是啥時死的，從墳丘上土的顏色認。／十天前通知的，這有新土的是三個墳丘呀。／他是高個子還是低個子，高個子了墳丘大，低個子了墳丘小。／中等個兒，腰裡繫一條五色麻線編的腰帶。／哦，五色腰帶?!／方起琴乾脆雙手扒起那有新土的墳丘。安生說：你扒吧，只能一個一個扒著看了。我不幫你扒，死了的人不是有爛傷就是死了齜牙咧嘴的，我害怕。安生這麼一說，方起琴也不敢扒了，遲疑了一會兒，又扒起來。扒著扒著，土裡露出一隻腳，一用力，屍體沒有拽出來，手裡只拿著一隻鞋，鞋墊子掉了，也掉出疊得方方正正一張有字的紙。方起琴不識字，讓安生看這紙上寫的啥？安生看了，念道：我死後，把此條給家人。我欠劉四海一百元。秦北仁欠我三斤糧票，一斤是全國通用，兩斤是省內的。我欠夏雙全七十八元五毛，已說好讓牛忠給夏雙全二十元，牛忠還欠我一雙膠鞋，折錢三元。我就欠夏雙全五十二元。屋東牆架板上的鑵子裡放有兩百元。書架上的毛主席選集第一卷中夾有一百二十元，十三斤糧票，一斤油票。還欠王家慶兩元五毛。／這是不是他留下的？／劉四海、秦北仁，還有牛忠、夏雙全、王家慶我不認識。我家東牆上沒有架板呀。這不是我男人。／哦。這人咋寫著「我死後」，知道自己要死呀？／或許是自殺的吧，自殺前寫的。／你扒，看是不是自殺的，聽說上吊自殺舌頭就出來了。／方起琴沒有扒，讓安生把紙條疊了放進鞋殼，鞋殼裡又放上鞋墊，重新把鞋穿好，用土掩埋了。她開始扒另外的墳丘，說：安生，你幫我，咱只扒中間，中間扒下去就成，腰裡如果有五色麻線編的腰帶就是我男人了。安生不好再推辭，卻想著這樣扒是認不出的，如果真有五色麻線編的腰帶，那肯定在埋時被埋人的人把腰帶拿走了。但這話安生沒說出口。他們奮力扒開了那個墳丘中間的土，扒到了死人的腰，腰裡果然就繫著五色麻線編成的腰帶，腰帶打了個死結。方起琴就撕心裂肺地哭喊：李建！李建——！白眼仁一翻，人昏了過去。安生怎麼叫她，她不醒，用手拍她的臉，沒反應，安生以為她也是死了，嚇得就跑。跑過了尖角梁，那條乾涸的水渠上武主任領著張聯社、曹頭柱、齊在家、封麥香、鄭風旗，正指點幾處坍塌說著復修的事。安生嘰吱哇啦地喊叫死人了死了人了，武主任喝住，問咋回事？安生說了情況，他們就去了後溝。武主任用手在方起琴鼻子下試了試：不是死，昏過去了。掐了一陣人中，方起琴睜開了眼。武主任讓鄭風旗把人背回村，鄭風旗不願背，齊在家說：給你個女人都不背?!他背了起來，就背回了安生家。

※　※

／人是找著了，是要搬屍回去嗎？／得搬回去呀，嫂子。我和他夫妻了一場，沒能給他生個一男半女，把他埋在我婆婆的腳底下，我也就心安了。／那怎麼個搬呀？要是才死了的，用席捲了，綁隻公雞，雇個架子車拉回去。要是死了三年五載，撿了骨殖裝在匣子裡也好帶回去。可這時間不長不短的，肉都臭了，

咋收拾到一塊？就算能收拾個囫圇，又不是十里八里的，能雇下人運？／那……總不能讓他孤魂野鬼呀！／

方起琴說著，眼睛一會兒盯著屋梁，又一會兒盯著上房門口的臺階。臺階上靠著掃帚，一股子風過去，掃帚響著銅一樣的細音。安生娘覺得方起琴的眼神可怕，似乎說著孤魂野鬼，孤魂野鬼就在了屋梁上，或就在了臺階的掃帚上。

她去了臥屋向安生爹討主意，男人的見識怎麼說都比女人強。安生爹在炕上吸水煙，吐出來的煙霧一股子從臥屋門飄出來，如幾塊撕開了的棉花，後來就在庭間半人高的空中平平地鋪展了，是一道布，藍顏色的布。安生娘說：他爹，她這陣是糊塗的，你說這咋辦著好？安生爹把紙媒吹滅了，說：埋在哪裡還不是埋在土裡。安生娘就出來勸方起琴不要搬屍了，既然已埋在了尖角梁後溝裡，何必再折騰著回去。方起琴沒有說話，還是鼻涕眼淚地哭。直到了太陽從上房檐跌下來，武主任又在喇叭上安排下午男勞力去東原上修梯田，晚上了開全體社員大會。方起琴不哭了。

／把他留在這裡，我這當媳婦的不是沒盡到責任吧？／你做到這樣了，還要當媳婦的能咋樣？／他在這裡不算孤魂野鬼吧？／你們那兒的地，我們這兒的地，還不都是共產黨的地？他都埋了，入土為安，哪算孤魂野鬼？／可他在那溝裡連一張席都沒捲就埋了……就算埋在這裡，我也得給他換身新衣，買個棺材麼。／這倒也是。／那我就按你說的辦了？／不能是按我說的辦，是這樣辦了好。／

※ ※

方起琴就回了一趟老家。四天後再來，她背了一個大背簍，裡邊裝了一床被褥，三身衣服，厚厚的一遝寫著字的紙，用線納著，像是一本書，還有三支鋼筆。奇怪的是牽著一隻羊，羊沒有角，身下吊著很長的乳頭子。團結村從來沒有羊的，據說是這一帶草不好，養出羊肉膻。而安生在方鎮見過有養的山羊和奶羊，尤其奶羊擠奶，一次就擠白花花一碗，但他沒喝過。安生說：這是奶羊嗎？方起琴說：是奶羊。安生想起鄭風旗出門總要帶上他家狗的，方起琴竟然帶的是奶羊。他牽過了羊韁繩，羊咩咩地叫了兩下，聲音軟和，而且就跟著他走。安生拉著羊在院子裡轉了一圈，羊一直拿眼睛看他，白多黑少，似乎有些羞怯。別那樣！他說。經過牆角水坑時，青蛙在叫喚，羊也在回應，安生便把羊拴在水坑邊的石頭上。／你咋牽了羊，是從老家一路牽來的？／家裡也就這值錢東西了。我婆婆生前一直害病，我買了這羊每天擠了奶給她喝。你家待我恩重，我沒啥謝承，就把牠牽來，擠了奶給大哥喝。／這使不得，羊我不收，他爹肯定也不收，等你回去時一定得再牽走。／你要不收，這就是要我後半輩子都虧欠你啊！你收了羊，我還要你幫我給我男人辦後事哩。／娘和方起琴說話的時候，安生疑惑羊回應著青蛙，青蛙沒有噤口，依然叫喚，是羊和青蛙也在說話？可說的是什麼聽不出來。

方起琴要重新安埋她男人，心心念念地想能有一副棺材。而團結村人的棺材從來都是請了木匠來家做的，去方鎮的棺材鋪買現成的，那副至少二十元，方起琴身上總共不到二十元呀。如果圖便宜新做，安生娘說她可以請木匠，可以就在她家院子裡做，但這得買樹，樹得解成板，板得乾透了，木匠活也得十天半月。

方起琴說：那只有買張席了?!靠著望春樹哭鼻子。五毛的二叔恰好來安生家借笸籃，知道了這事，說他家有個舊三格木櫃，他賤賣，把櫃腿一鋸，就權當是副棺材麼。方起琴先還不願意，作難了一天，最後同意了。她去代銷店買了一遝燒紙和香燭，託付安生在村裡請幾個人，能幫忙著下葬她男人。五毛的二叔賣給的櫃子，安生就叫五毛給他二叔說，讓他二叔找人。五毛說：不就是把她男人扒出來裝棺再埋下去嗎，用不著大人，咱們這一夥幹著就行。安生覺得也是，就給浮水和飛天說了，他們都同意，但五毛說：這得叫上咱們頭呀！安生說：誰是咱們頭？魚響河呀，五毛說，不叫上他，咱們沒好果子吃。安生有些不願意，說：聽說那人死得慘，魚響河肯去？五毛說：正因為這是懍人的事，魚響河惡，他去了能鎮住，鬼就不纏咱了。飛天便說：我不去了，我還有事。安生知道飛天不想見魚響河，也就不讓飛天去了。尋到了魚響河，魚響河說行，卻問：給多少錢？安生說：這我不知道。魚響河說：學習班埋一次是一元錢，這人死了一個月了，怕都臭了，應該多給些。一夥人到了安生家問方起琴給埋人的人多少錢，方起琴說：要給的，要給的。安生說：以前學習班埋一次人一元，他們要你能多給些。

方起琴掏了一元一毛。魚響河說：才多一毛呀?!自己先裝了六毛，剩餘的讓安生、五毛、浮水分。正分錢著，安生舅來了，背了一大口袋橡籽。安生娘忙接了口袋，埋怨背這麼多，安生舅說：今年我摘得多。安生娘說：摘得再多也不能給我們拿一袋子！你勞力好，快喝口水了，幫著去幹個活。安生舅也不問幹啥活，在水桶裡舀了水，咕嚕咕嚕牛飲了半瓢。

路上，那只櫃子幾個人先是抬著，因走得慢，安生舅就自個兒把櫃子扛了起來。大家都誇安生舅有力氣，一個頂仨，安生倒嫌舅舅早不來晚不來，偏偏這時候來。安生的意思是這錢沒給舅舅分，但錢已經分過了，他也就不再提說。魚響河倒問道：你背了那麼多橡籽，橡籽不是山鼠吃的嗎？安生舅說：老鼠能吃的人都能吃。安生舅就講橡籽磨成粉了做涼粉，雖然又苦又澀，可在水裡浸泡兩天就好了。吃時調上辣子，再苦再澀的東西只要有辣子都能咽下肚。魚響河說：你給安生拿那麼多橡籽，這該做多少涼粉呀！你別忘了一句老話，外甥是狗，吃飽就走。安生舅只是笑。

在尖角梁後溝，挖開了方起琴男人的墳丘，人一出來，方起琴說這個子怎麼變小了？仔細再辨認了，真的是她男人。死了的人面相都凶，但他並不讓人害怕，衣服都穿著，腰裡繫了條打著死結五色麻線編的腰帶。可能是有著這腰帶，衣服才完整無缺吧。安生這麼想著，卻發現衣服下有白白的東西蠕動，用腳蹭蹭，是幾條蛆，而髒水就開始往出滲。方起琴哇地哭開了，跪下去要解那腰帶，腰帶的死結怎麼也解不開，從衣服裡滲出的髒水越來越多。安生舅說：不敢解了，解開了怕收拾不到一塊了。方起琴說：舊衣服脫不下來，怎麼換新衣服呀？安生舅說：換新衣服是活人的意思麼，死人哪管了新的舊的？就在舊衣服上套吧。方起琴給套上了一件，又套上了一件，第三件實在套不上去了，便蓋在了身上。大家一起動手，把死人抬起來放入已鋪了褥子的木櫃，再蓋上被子。然後把原先的墓坑再往深挖。方起琴從背簍裡取了香燭點了，又燒紙，燒著燒著記起了什麼，又從背簍裡取了那厚得像書一樣的紙本子，在木櫃裡扶起死人的頭，把紙本子墊在頭下邊。安生說：姨，你放的啥？方起琴說：他一直是給領導寫報告的，每一次報告他留了底子作紀念，這是他一生得意的事，曾經給我說，領導作報告其實就是他作報告，群眾學習討論報告，也就是學習討論他哩。他說他將來死了，用牠做枕頭。安生沒覺得這紙本子做枕頭有什麼意義。而魚響河過來也扶著櫃沿眼睛直愣愣地往裡看。安生便明白魚響河在看什麼，就說：哎呀，這件衣服咋沒穿上？方起琴說：穿不上了，就給他蓋著。安生說：那你把他手拉出來放在衣服上，他那魂就守住衣服了。誰敢來就抓誰！安生舅說：誰來？誰敢來?!蓋上了櫃蓋，用繩索勒緊。大家再一次聯手，把木櫃放在了深坑裡，然後填土。填平了，再隆起一個土丘。方起琴去找石頭要在土丘前栽了作記樣。她找了一塊，嫌小，又找了一塊，還是小，安生去別的墳丘前要搬一塊大石頭，卻看到尖角梁上冒起了黑煙。

※　※

這黑煙其實是學習班大院裡著了火，火勢大，黑煙冒起來一直往天上去，在尖角梁後溝都看到了。但是，為什麼著火，火燒毀了什麼，在尖角梁後溝埋葬方起琴男人的安生他們不知道，而村裡人也看到了學習班大院裡起火冒黑煙，都不知道。當天傍晚，王來銀再次從學習班回來，他卻告訴了王上戶另一件事，王上戶在晚上記工分時當著那麼多的人又說出來，人們全驚得目瞪口呆。

是在下午，王來銀在學習班大院裡打掃衛生，院子裡那三排平房裡一時間都響著音樂，是收音機放大了音量在唱革命歌曲。王來銀明白這又是各分組審訊那些階級敵人了。審訊時階級敵人肯定不會老實交代，不老實交代當然就得上些手段，比如五花大綁了吊在屋梁上，比如捆在椅子上用自行車的氣管子往肛門裡打氣，比如裝在麻袋裡，把麻袋又放在桌子上，用竹片子抽打，不能動，一動就從桌子上掉下去。用這些手段時，階級敵人有的會哭叫，往往這個平房裡一傳出哭叫，另一個平房裡受審訊的原本還不吭聲，一感染也哭叫。這些哭叫，像殺豬似的，此起彼伏，就非常的難聽。冉組長才給各組配備了一台收音機，一有哭叫就放革命歌曲。王來銀已經是第二次來學習班，他熟悉了這些，也習慣著在這些歌曲掩蓋下傳來隱隱的哭叫中，分辨被審訊者的性別、年齡和籍貫。這次覺得哭叫聲有濃重的當地口音，好像是飛毛海，又好像是宋駝子。他慢慢掃著地，靠近第二排平房東邊第一間，要確定到底是誰的哭叫，偶一抬頭，看到了半空中有一片雲，深褐色的。尖角梁上常有雲，一朵一朵就飄過來，但飄過來的雲，從來沒有過深褐色的呀。他揉了揉眼睛再看，才發現是蜂群。這蜂群飄忽不定，而且速度極快，一會兒在屋頂上，一會兒又在了槐樹上，一次甚至從屋簷下呼地掠過。他看清了那不是蜜蜂，也不是別的野蜂，而是馬蜂。馬蜂的厲害他是清楚的，登時頭髮都立起來了，忙趴在地上一動不動。等到蜂群又飛到了高空，他大聲吶喊：馬蜂！馬蜂！馬蜂來了！他的吶喊聲嘶力竭，壓過了收音機的音量，隨之，革命歌曲停住，哭叫聲停住，一切都寂靜了，空曠無比。好多人從平房裡出來向天上看，蜂群聚起來是一根棍，散開來是一張席，瞬間變化，如夢如幻。正驚奇不已，蜂群忽地往下落，就像一層黃泥巴突然地要砸下來，人們慌張了，轟地四散。王來銀就又吶喊：不敢跑，不敢跑，裝死，裝死。所有的人都趴下了，而砸下來的蜂群就落在了一條繩索上。這繩索是從前排平房的後簷拉到這排平房的前簷，原本七月一日黨的生日和十月一日國慶要掛滿小三角彩旗的，現在那麼多蜂全落在那裡，繩索竟然有了拳頭粗，沉沉地下墜。而索東輝就跑來了。索東輝參與了審訊，後來去上廁所，聽見雜亂的叫喊，褲子一抖，收回來，尿就濕了褲襠。他跑過來看見繩索上的馬蜂，對王來銀說：用得著趴在地上？把掃帚給我！王來銀說：那是馬蜂！他說：我在老家見得多了，再給我取個掃帚來！王來銀爬起來給他又拿了個掃帚，自己就脫了上衣，蹴在那裡，用上衣把上半身全包起來。索東輝劃火柴把一個掃帚點著，再點另一個掃帚，兩個掃帚燃起來，就那麼舉著，一下子衝到繩索下，馬蜂立即像松籽一樣，唰唰地掉下來，而繩索就燒斷了，別的馬蜂越發紛亂，嗡嗡聲震耳欲聾。趴在地上的，有管理人員，而更多的是那些被管制的，他們趴著不敢動，但總有耐不住性子的，就跑回平房的宿舍裡，拿被子把自己埋起來。而散亂的馬蜂終於重新聚集了，形成了一股，百十多隻的，往東飛。索東輝舉著火掃帚窮追不捨。到底在一棵楊樹前追上了，那些馬蜂全部被燒得掉在了地上。索東輝拿腳就在地上踩，踩得喀吧喀吧響，他呵呵呵呵地放聲大笑。而平房這邊，燒斷了的繩索成了兩截，兩截頭上都有一個火疙瘩，繩索就越燒越短。靠這邊平房的繩索燒到簷頭火疙瘩是滅了，靠南邊平房的繩索燒到後簷下還在燒，便引著了簷頭綻板。綻板年頭久了，見火便著，頓時起了火苗，火苗又很快從椽縫鑽進去，蘆葦搭成的頂棚一下子燒起來。這些大家並沒有注意，聽到了索東輝的笑聲才伸出頭來。看哪兒還有馬蜂，等到煙霧籠罩，屋頂上明火一片，又慌作一團，嘰吱哇嗚喊叫。宿舍裡的從宿舍裡披著被子跑到院子，院子裡的從院子裡又跑進宿舍去拿東西。有人的提兜和包袱裡就掉出一塊黑麵饃饃，出來的人又要進去拿東西，拾起來就吃，聲音在喊：那是我的！吃了一口，再吃一口，把剩下的半個黑麵饃饃又扔進屋去。屋裡的頂棚已經往下掉火片。衣服被拿出來了，盆子、搪瓷缸子、搪瓷碗被拿出來了，被子、褥子被拿出來了。有人還在喊：我的鞋，鞋還在床下邊！再進去是把鞋拿出來了，頭上的頭髮全沒了，一抹一手的灰。而拿出來的被子上落了火星子，把被子鋪平在地上去捏火星子，火星子在棉花套子裡亂鑽，一時捏不滅，無數個黑窟窿就嗤嗤嗤地冒了煙。索東輝在院子東邊燒死了馬蜂再過來時，兩間平房的窗子裡向外噴火，他大喊：快打水，快打水呀！所有的人都跑來了，包括冉組長，包括管理人員和幫工人員，還有被管制人員。但學習班大院裡沒有水泉，只有一口井，趕忙有人搖轆轤打水，打出的水擔了兩桶過來了往火裡澆。火小了水能滅火，火大了水卻是油，火越發旺盛，熱浪烤得人不敢靠近。冉組長在問：屋裡還有什麼沒拿出來？

王來銀突然叫起來：審訊室的人還沒出來！但火大得進不了門，緊接著屋頂就全坍了。

在屋頂坍下來之後，幸好的是火再沒有向兩邊蔓延，經過再打水澆，用鍁鏟土壓，拿樹枝子撲打，火是滅了。但燒毀的兩間平房，一間平房是被管制人員的宿舍，燒掉了所有的床鋪，燒掉了兩床被子，三雙鞋，一個公用的水壺，一個搪瓷缸子，五個枕頭。另一間的審訊室裡燒掉了一張桌子，四個凳子，一台收音機，死了三個人。因為這三個人分別被裝在麻袋裡，兩人放在桌子上，一個在桌子下。桌子下的那個在用竹片子抽打時就昏迷了，火燒起來他沒有動靜。而桌子上的兩個在屋裡人都跑出去後曾經叫喊著，又從桌子上掉了下來，沒人理會。等火一片一片從屋頂落下來，燒著了麻袋，他們可以跑出去了，卻被煙嗆暈，就趴在了那裡，最後人燒焦了，縮成一團。

※　※

／武主任，這次火災可得你們村擔責啊！／這怎麼能是我們村擔責？馬蜂巢是在我們村，可馬蜂從沒害擾過村子呀！如果不是你們去燒馬蜂，哪裡會有火災呢？／你們的馬蜂不去威脅學習班，怎麼能用火去燒呢？／這怎麼是我們的馬蜂？我們也不想馬蜂在村裡築巢呀！／你們為什麼不解決呢？／這沒辦法解決麼，你們若有辦法，我們全力配合。／有你這句話就好！／

突如其來的火災，造成了學習班嚴重的管理事故，冉組長一夜之間頭髮都白了，他首先召開了學習班全體管理人員會議，宣布紀律，封鎖火災消息，嚴禁外傳。然後進行補救工作：一是以火燒馬蜂的不當行為，內部處分索東輝不再擔任領導小組成員。二是掩埋燒死的三人，分別通知家屬來搬屍。三是聽了錢生櫃說到團結村有個馬蜂巢，可能是蜂源，就來找武主任。武主任陪著他在巷道裡看了望春樹，樹上確實有馬蜂巢，上邊仍趴滿了馬蜂，差不多有糞筐那麼大了。

冉組長對於馬蜂巢，他並沒有什麼處理辦法，但從政治的角度上，他要求團結村配合學習班盡快恢復那兩間平房：所需的新檁新椽得去河堤上砍樹；修蓋時村裡派勞力。

這些我都不知曉。在晚上的時候，我去村革委會辦公屋記工分，剛到屋前土場上，浮水記了工分出來，一下子就拉住了我。／你左眼跳了吧？／沒跳。／左眼跳喜右眼跳禍，你左眼怎麼沒跳?!／啥喜事？／索東輝用不著咱們報復啦，他受處分啦！／我趕緊問這是怎麼回事，浮水告訴了一切，他說這都是剛才聽馬接續說的，就抱了我嘿嘿嘿地笑。我噢了一聲，倒有些洩氣。我們一直是在謀算著報復索東輝的呀，曾經設計，如果哪一天得知他要回老家，我們就提前躲在栒峪的磊磊石那裡。磊磊石是栒峪中的山彎處，那裡溝深河窄，路邊有一個大石頭上又壘著一個大石頭。索東輝經過了，肯定會停下來看磊磊石的，那時我們就一起扔石頭砸他。當然我們不是要砸死他，我們也砸不死他，那就用石頭砸他的腿，他在地上疼痛打滾了，我們從磊磊石後跑掉。我把什麼都考慮到了，比如我們去時一定要吃飽飯，餓著肚子就跑不動的。比如都穿上草鞋，飛天也要穿，她腳嫩穿不了，可以在布鞋上套上草鞋，有草鞋上坡就不滑。比如從栒峪勝利返回了，那得慶賀呀，都要拿上吃食就到飛天家去，在鐵勺裡要炒雞蛋，在灶膛熱灰裡爆包穀花。是的，把羊牽上，一人擠一碗羊奶喝。但是，現在索東輝被處分了，不是我們親自的報復，心裡到底一時空落，就像看見了路上一條蛇，雄赳赳氣昂昂地去捕打，走近了卻是一條褲帶。我說：是被處分了？浮水說：是被處分了，聽說他捅了大婁子，或許也就是反革命啦！我說：哦，可憐。浮水說：你說他可憐？我沒有回答浮水，不知怎麼，腦海裡浮現了索東輝的枸峪老家，那癱瘓的老漢子和瞎了眼的老婆子。

我進了辦公屋，那裡擠滿了人。他們並沒有議論索東輝處分的事，而似乎對於學習班要砍河堤上的樹，又要村人無償地修蓋那兩間平房憤憤不平。馬接續在罵：這是嘴偷了，讓屁股挨板子啊！突然看到了我，一臉的凶相，呼哧呼哧的，眼裡鼻子裡嘴裡要噴出火。我說：你瞪我？你瞪我幹啥?!他說：就瞪你了！你家惹的事，要修蓋房你家去修蓋，要砍樹就砍你家的望春樹！我沒有料到的是，他這麼一嚷嚷，幾乎所有的人都盯著我，義憤填膺地附和他，說些難聽的話。那一刻裡我想像了學習班著火後，為什麼沒有及時撲滅，就是火大，烤得人不能走近吧。但我那時真的被激急了，我說：有本事去砍望春樹啊，不怕馬蜂的就去砍啊！馬接續發出了恨聲，要過來打我。是劉鐵栓立即站起來，把我和馬接續隔開，劉鐵栓是好人，他護著我推我出了門。低聲說：你甭寧的！不能惹了眾怒，你有眼色沒？我大聲地說：我爹不是反革命了，誰來把我吃了？都是些馬蜂！劉鐵栓在踢我屁股：瞧你這樣子，你不是馬蜂嗎，你也是馬蜂！

※　　※

方起琴還住在安生家，她要按照風俗待過頭七。這七天裡，每個上午都去她男人的墳上燒了紙，哭一陣子。薛紅星砍了一天的樹後，聽說了方起琴的情況，心裡生了算盤，就沒再去幫忙修蓋房子。這天他套穿了那件剩來的褲子，顛著雀步去了尖角梁後溝，看著方起琴在墳頭哭，說：你不要哭了，你哭得我心裡像貓抓。方起琴說：你是誰，你也來祭親嗎？薛紅星說：我是團結村的，你第一次來村裡我就見過你。說著手便伸過來，要給方起琴擦眼淚。方起琴吱哇一聲，跳到了墳那頭，說：我不曉得你，我哭我男人哩！薛紅星說：咦咦，你男人死了，那就不是你男人了。方起琴說：他死了也是我男人！在地上瞅著石頭，沒有石頭，只是些土疙瘩，想把土疙瘩拾在手裡，卻驚奇剛才自己怎麼就從墳那頭跳到了墳這頭。她沒有拾土疙瘩，轉身就走。小跑著穿過了一片野酸棗荊棘，荊棘撕著孝衣的下襬，把一綹白布條子留在那裡。

第二天，還得去墳上燒紙。方起琴沒給安生娘提說薛紅星的事，她並不知道那人是薛紅星，對安生說：你能陪我去一下後溝嗎？安生說行，把羊牽上了，想著讓羊在後溝裡吃草。後溝地塄上的草也都乾了，羊掀著鼻子，嚼著那些草根，一把一把的糞蛋兒就撒下來。薛紅星笑嘻嘻地又來了。薛紅星笑起來嘴是歪的，眼裡有水，他壓根沒把安生放在眼裡，徑直去了墳頭。

墳頭上，薛紅星給方起琴說什麼，方起琴一直在燒紙，時不時用柴棍兒翻著紙，火灰就騰起來。安生先不在意，待方起琴不停地朝著他看，他拉了羊走過去。薛紅星在說：我一個人過活，上頓是白米蒸飯，下頓是油潑的撈麵。瞧穿的這褲子啊！你過來了，我心軟，不會打你罵你。方起琴說：安生你來踏踏墳頂上的土，土有些虛，下雨了會鑽進去的。安生沒有踏墳頂上的土，用不著踏的，他和羊就站在薛紅星和方起琴中間，並且東一句西一句和方起琴說話，羊也在咩咩地叫喚。薛紅星說：滾遠滾遠，大人說正經事哩！安生卻頭擰轉著，又支棱了耳朵，樣子很神祕，說：啥在響？紅星叔，我咋聽到誰在叫你哩！薛紅星說：誰叫我？安生身子趴在墳上，說：好像是從墳裡叫你哩。薛紅星恨了一聲，離開了墳堆，連嚼帶罵地走了。

安生和方起琴回村的時候，北巷口一群人在那裡吵嚷。只見齊在家和兩個陌生人在拉扯白承禮、來生運。拉住了白承禮，來生運掙脫了，再去拉來生運，白承禮又掙脫了。兩個陌生人對旁邊看熱鬧的人說：把他攔住！旁邊人劃拉著手，說：攔不住，攔不住！白承禮就跑進了西邊巷道。兩個陌生人過來幫齊在家扭住了來生運。

／把我胳膊扭疼了，我犯病呀！／你犯吧，你死了也得把你抓住！／你們說不該拿就不拿麼，東西不是已經給你們了嗎？／那是拿嗎？那是偷！白承禮是偷慣了，你也偷？膽子大呀，在村裡偷了還去學習班偷?!／是拾的！／就算是拾的，明明知道那是風吹下的學習班圍牆上的紅旗，你兩個竟然能拿走，還撕開了一人一半！／我以為那是布麼。／你以為那還是一個饃，一張人民幣哩?!走！／

走哪兒？／跟這兩位學習班的同志去見冉組長！／我不去！打死我都不去！要見只見武主任！／來生運突然狼嚎一樣叫起了武主任：武主任，武主任，你承諾讓團結村走在幸福大路上，要燒磚掙錢呀，要增產讓大家吃飽飯呀。可現在，錢呢，勞教所裡的磚瓦窯到哪兒去了？飯呢，就是僅僅幾個貧農能在學習班吃？剩下的人沒吃的，喝風呀，屙啥呀，屙個屁！學習班還砍我們河堤上的樹，還與我們的死人在尖角梁後溝爭地！啊嗨嗨，我不就是拾了塊紅顏色的布麼，這咋是偷？就是偷，誰沒偷生產隊的莊稼?!臉上有痣的，脖子上有瘊子的，那都是偷過的標誌！他拿眼睛看齊在家，拿眼睛掃描旁邊看熱鬧的人。於是，看到了方起琴和安生，說：安生，你說你偷過沒有？你說！安生說：我惹你了?!拉了方起琴和羊就走。走遠了，聽到看熱鬧的人在罵：你瘋啦，瘋啦，瘋狗亂咬！

安生到了自家的巷道，卻見薛紅星就站在他家的院門外。薛紅星要進，他娘在門裡不讓進。他娘要關門呀，薛紅星把手捉住門沿，說：你關你關，你把我手壓爛啊你關！安生生氣了，跑過去一腳蹬在薛紅星的後腿彎，薛紅星身子要倒下去，把手從門縫抽出來。安生說：你幹啥?!薛紅星說：你咋又回來了？安生說：

我家我不回?!薛紅星還對院門裡說：你把我的話給她傳傳麼。安生和方起琴還有羊進了門，安生就把院門關了。／娘，以後別理識他！／這我不是沒讓他進嗎？／那你隔著門縫還給他說啥哩？一句話都甭給他說！／你碎娃知道啥。／安生一噘嘴，進了上房到地窨去。

在地窨裡躺了一會兒，躺不住，又出來到灶台案板上尋吃的。他娘和方起琴坐在門檻上說話。他娘說：薛紅星這人不行，你不同意我也不同意，咱就不提他了。但他這麼讓我傳話，倒啟發了我，我覺得你還是留下來了好。你該盡的孝都盡了，那邊已沒了什麼牽掛，在這邊我慢慢給你尋個可靠人，重新過日子麼。方起琴說：我還是回去著好，這裡是我的傷心地，何況到哪兒尋個可靠的人去，一年半載的沒個著落，那就是流浪，現在哪兒又能讓流浪？他娘說：你就住在我家麼，就是多一張嘴，你有腳有手的還能吃了白坐著，你又能吃多少？方起琴說：唉，我還是回去，那邊有戶口有房的，還有五分自留地的……安生在這時，才完全明白了薛紅星為什麼糾纏方起琴，也覺得娘的話對。突然，他想到了他的舅舅，他甚至為自己的這一想法而得意。他說：娘，娘，你把方姨給我舅舅麼。他娘眼睛一亮，卻說：你方姨是板凳簸箕碗呀，給你舅舅?!把他推出去。

安生被推出上房門，他就站在院子裡看望春樹，看望春樹上的馬蜂，看青蛙，想著他的提議肯定提醒了娘，娘也肯定會給舅舅和方起琴撮合的。因為她還在上房門裡嘀嘀咕咕了半晌，一會兒有了哭泣，一會兒好像又有了說笑。但是，到了第三天，也就是方起琴的男人過了頭七，方起琴還是一個人回老家去了，留下了奶羊。

※　※

奶羊留在了我家，那就是我家的羊，也就是團結村惟一的羊。我一有空牽著羊去吃草，去過村裡所有巷道，去過打麥場，去過澇池。打麥場的地塄上和澇池西邊的路畔上草並不多，我牽羊還去了西溝原和北坡根，去了學習班的圍牆外，圍牆外一圈的陰涼處有許多地蹓草和灰條。在外邊吃過草了，牽回來拴在望春樹下，樹頂上不時有嗡嗡響，青蛙又在水坑裡叫喚，羊也就長久地聽著，偶爾咩咩幾聲。羊是能每日擠出一碗奶的，大半給我爹喝，小半娘留給了我。我讓娘也喝，娘說：我嫌膻哩。我知道娘是捨不得喝。我喝過了奶，嘴上一圈白，也就是一圈白，我發現我嘴唇上開始有了一層絨毛的，但我不擦，出門去故意要讓人看見。好多人看見了，就說：安生安生，喝了奶啦！我說：喝了奶了！他們說：好喝不？我說：好喝！張開嘴讓他們聞聞。魚響河呸我一口：你顯擺啥的?!不僅魚響河羡慕嫉妒著我，我明顯地感到相當多的人在羡慕嫉妒著我了。一旦羡慕嫉妒發展成了恨，可能就要出事了。果然，我牽了羊出來，李萬安的媳婦說：哎呀，這麼大個羊，那一天能擠多少奶呀！你爹還沒好嗎，他喝羊奶還不好？瞧瞧，你喝了羊奶明顯個子長高了麼！安生安生，你娘生你下來沒有奶水，給你只喂米湯，這羊才是你娘哩！馮開張說：你牽著羊，我聞見肉香了！而這一夜，有人就翻院牆偷我家的奶羊。

那是在後半夜，青蛙突然不叫了，我和我娘都從上屋裡跑出來先看奶羊。奶羊是在，但拴奶羊的韁繩卻斷了，看茬口是被刀割的。再察看院子，院門竟開著。門關子被用刀子從門縫撥開的，賊沒關門是要偷了羊能直接再出去？割斷了韁繩而沒把羊偷走，是聽到青蛙突然不叫了，他害怕了？那這賊是誰呢？上次有賊進院偷蕨，過後沒再追究，是不是同一個賊，覺得我們好欺負了再來偷奶羊？是馬接續？白承禮？張百從？米小見？魚響河？馮開張？來生運？我娘說：也不敢胡猜。我把羊抱回了屋，從此夜夜都把羊拴在庭間的方桌腿上。

為了暗訪到賊，當我再把奶羊牽出來，特意在幾條主要巷道裡經過，甚至還到了龍松下。龍松下還是一夥人，他們那天沒有說吃的，也沒有說學習班修蓋房的事，好像在說張百從和史寡婦。五毛說：哇，又遛羊啦！我說：用詞不當，狗出來是遛哩，羊出來是放的。五毛說：放羊就放麼，你拉著叫放？邢互助說：不拉著，怕被人偷麼。我立即看邢互助，邢互助說那話時，嘴角撇了撇，我就懷疑了邢互助是賊。可邢互助嘴撇是撇了，眉裡眼裡倒坦然，我又懷疑一直嘿嘿冷笑的鄭風旗。鄭風旗冷笑了以後向張順道要煙吸，張順道從嘴裡拔出旱煙鍋子，直接塞進鄭風旗嘴裡，鄭風旗吸煙的那個舒服樣，好像不是。我看著每一個人都像是賊，卻又不能說誰就是賊。突然薛紅星出溜一下倒在我身邊，倒下了雙手抓著羊的兩條後腿，而嘴已經噙住了羊奶頭。我一時沒反應過來，等他吸了奶，自己嗆口得咳嗽了一聲，我才用腳去踢他。我踢了他的腰，又踢了他的胳膊，他還是不丟口，使了勁地吸吮，那伸長的脖子上，喉兒骨在動著。我終於踢在了他的交襠，他嘴鬆開了，我把羊抱起來。大家轟然大笑，然後在罵薛紅星和張百從一樣，能幹出別人幹不出的事，又感歎吃死膽大的餓死膽小的，狗日的張百從和薛紅星是×上嘴上有福啊！岳發生問：喝了幾口？薛紅星還躺在地上，說：五口。鄭風旗說：喝了五口，挨了五腳。薛紅星說：挨了五腳，喝了五口！苟再長說：也讓大家都喝幾口麼，安生安生，我給你個碗，你擠一碗，讓大家嘗嘗。所有人都來了興趣，而且圍過來，似乎我不給擠奶就不會放走的。我急中生智，抬頭大聲喊：武主任，武主任！大家都抬了頭往鹼上看，那裡並沒有武主任，而我抱著奶羊跑走了。

※　※

安生爹不用拐杖了，但兩條腿已經不齊，走路一瘸一跛的。學校仍沒有復課的消息，他也不知道自己能不能返回教師崗位，脾氣就越來越壞，還是不出門，在院子裡轉圈的時候，嘟囔著地不平，又訓斥安生娘。後來甚至動手，他手裡拿著什麼東西了就拿什麼打。安生娘氣得給來換藥的賀新才訴委屈，賀新才曾經學過陰陽，說：我看過你夫妻的相了，他前世是你家的驢，你用鞭子打過驢，今世他少不了打你。安生聽了這話，暗中觀察爹，爹的臉是長，而那時不時發出的啊聲，就是驢在喘氣。心裡不舒服，安生更是不願在家多待，出去捉青蛙了。

氣候開始暖和，家家院裡的青蛙都更新了一茬，澇池裡大一點的都被捉走了。安生在河灣葦子灘裡捉了一口袋的青蛙，給自家了四隻，給浮水家了四隻，再把四隻拿去了飛天家。而且告訴明天要跟劉鐵栓又到北山呀，問飛天去呀不去？飛天問他從學習班又得了什麼東西？安生說這倒沒有，李萬安是問過他娘要不要副銀鐲子，他娘說我啥手麼還戴鐲子，就沒要，他是要拿些米去換些黃豆的。飛天說她家米不多，得保障頓頓給婆有粥吃，就不去了。安生說：那需要我帶個啥嗎？飛天說：山裡帶啥呀，帶塊石頭?!安生知道飛天在開玩笑，卻也在北山換糧的時候，瞧見溝裡有拳頭大一個石頭，上邊有一團白筋紋，像是開了一朵菊，真的給飛天帶回來了。

第二天，安生把石頭在水泉裡洗乾淨，原來石頭底色還發綠，白菊愈加鮮亮，拿了給浮水看。安生說：這給飛天的。浮水倒也拿了一個柿餅，也不給安生，說：我這也給飛天的。兩人相互攻擊：飛天肯定不會要你的。那麼就打了賭，如果飛天要了石頭算浮水輸，給安生兩個柿餅，如果飛天要了柿餅算安生輸，給浮水四個紅薯片子。一到飛天家，飛天和她婆坐在院子裡抱頭哭哩。安生把石頭放在了她家窗臺上，浮水把柿餅也放在了石頭上，就走過去瓷瓷地站著，不知道說什麼話。飛天還哭了一會兒，才告訴他們，她婆昨日洗頭著了涼，今中午燒薑湯喝了在炕上捂汗，起來卻說做了一個夢，夢見她爹十個指頭被釘著竹簽，坐在老虎凳上，旁邊是火爐子，裡邊正燒著烙鐵，然後就哭。她勸不住，也跟著哭了。安生便說：阿婆，白天的夢都是反的，我伯在那裡沒事的。我爹不就沒事嗎？阿婆說：你爹沒事腿咋斷了？我咋就知道有老虎凳，燒了烙鐵烙人呀，十指上釘竹簽呀?!安生說：以前縣上給咱村放電影，你可能是看了裡邊有敵人給被捕的共產黨員上刑的事，才這麼做夢的。阿婆說：不是夢不是夢，她爹清清楚楚給我說話哩，哪能是夢？安生說：你要放心不下，今日我們去學習班看我伯。千哄萬哄的，扶她上了炕。三個人就要去學習班，安生沒提石頭的事，浮水也把那個柿餅拿了裝進口兜。

到學習班大柵欄門外，安生不願意前去，飛天便自己和門衛交涉。但門衛說認不得她爹也不知道她爹的事，拒絕去通報。安生這才近去，質問為啥不通報？門衛卻說：我認得你！安生說：我更認得你！門衛說：你爹回去死啦？安生說：你才死啦！門衛惱羞成怒，不但不通報，還不准他們靠近大柵欄門：滾！往遠站！聽見了沒有，再往遠站！院子裡開始在集合人，一大群了，全都蓬頭垢面，衣衫不整，形象如鬼，然後轉圈跑步。有人在圈內吹哨子，嚁嚁聲越吹越緊，跑步人越跑越快，還在齊聲喊：坦白從寬，抗拒從嚴，學習改造，重新做人！安生他們在仔細地看裡邊有沒有飛天她爹。宋駝子是看到了，飛天她爹沒有看到。飛天說：沒有我爹，我爹真的被打得動彈不了了？安生說：那不一定，跑步的只是一部分人，你爹或許在他住的宿舍裡或許在新修蓋的房子那裡幹些輕省活的。咱到圍牆那邊去，你給你爹唱歌，你一唱歌他聽到了會回應的。他們從大柵欄門向右，沿著圍牆走，走到圍牆拐角處，飛天就唱起來。她唱的是：東方紅，太陽升，中國出了個毛澤東……浮水說：喇叭上成天放這歌麼，你唱個不一樣的，你會民歌嗎？飛天說：我不會。浮水說：我來唱。他一副公雞嗓子，唱道：想親親想得眼發花，把穀子鋤掉草留下，聽說是你上了吊，眼淚和泥蓋起了一座廟。安生說：這唱的啥呀，讓飛天唱！飛天又唱了〈社會主義就是好〉，還唱了〈大海航行靠舵手〉。唱畢，圍牆上嘎喇喇飛起了一隻撲鴿，別的什麼反應都沒有。飛天哭臉又下來。安生提議回村，說：你爹是聽到了，只是他的回應咱們在牆外聽不到。飛天不信安生的話。安生說：咱再試試，到了村口，如果能聽到一片青蛙叫聲，那你爹就沒事，啥事都沒有。飛天說：那要是沒聽到一片叫聲呢？安生說：肯定會叫！安生說這話沒有底氣，給浮水使眼色，讓他有個什麼藉口了先去村口，有人進村就擋住。但浮水醒不來安生的暗示，他沒有去。安生提心吊膽著，一到村口，謝天謝地，高音喇叭沒響，地裡勞動的還沒收工，巷道裡安安靜靜，家家院子裡的青蛙在叫。飛天的小臉上有了笑容，她跑起來，頭上的兩條小辮甩得像撥浪鼓。

看著飛天快活了，浮水說：青蛙叫喚，真的她爹就沒被毒打？安生說：那當然。浮水說：怎麼是當然，你咋能說青蛙知道她爹的事？安生說：你又咋能說青蛙不知道她爹的事？安生有些得意了，說：咱倆先把飛天送回家，然後去我家，如果去我家時，院子裡的青蛙不叫，那就是我娘做好吃的飯了。浮水撇撇嘴：好，再試試。

回到安生家院外，青蛙是沒有叫，一推院門，卻是有了客人。客人就是很久沒再來過的方起琴，還有一個駝背的老婆婆。

※　※

方起琴這次來是給駝背老婆婆領路的。駝背老婆婆和方起琴是一個公社的，她的兒子也被關進了學習班，她一直想來探望，只是自己從沒有出過遠門，得知方起琴知道地方，托方起琴領著來，一來就先到安生家了。

方起琴和駝背老婆婆是第二天一早去了趟學習班，天黑時才回來，回來說並沒有見到駝背老婆婆的兒子，因為學習班鐵柵欄門口有人在鬧事，鬧得厲害，鐵柵欄門就關了，什麼人都不准進也不得出，她們明天了再去。安生娘趕緊繫上圍裙，要給做飯，方起琴卻說：有個事我要給你說的，不知道妥不妥？安生娘說：咱都熟了，有啥妥不妥的？你說。方起琴說：你家裡緊張，我和阿婆來已經夠麻煩了，可還有三個人也可憐，他們晚上沒處去，能在你家過一夜嗎?!不求有個睡處，能坐一夜也好。他們出錢出糧票，給做一頓熱糊糊飯。天一亮他們就走。安生娘愣住了，半會兒才說：天，這往哪兒住呀，怎麼能坐一夜，這這麼冷的又不是夏裡。方起琴見安生娘為難，便說：都怪我多嘴，讓他們到你家來……那我給他們說，讓他們自己再想別的辦法去。說罷就要出門。安生娘問：這個時候了到哪兒想辦法？他們人呢？方起琴說：人在院門外，我沒讓進來。安生娘歎一口氣，說：你呀！讓方起琴先不要出去，她就進了臥屋給安生爹說話。一會兒出來，問方起琴：噢，他們都是些啥人?方起琴說：具體我也不清楚，我和阿婆去學習班，他們三人在和學習班的人爭吵，說是學習班通知他們來搬屍，他們去尖角梁後溝刨出的屍首就像是一疙瘩黑炭，便把屍首又掩埋了去質問人是怎麼死的，雙方爭吵起來，學習班就把鐵柵欄門關了。安生娘說：學習班有過火災，那肯定是被燒死的。又進了臥屋給安生爹說話。再過了一會兒出來，給方起琴說：你讓他們進來。方起琴出了院門，帶進來了三個人。一個是農民模樣，腰裡繫著白腰帶，頭上紮著白頭巾。另兩個人都穿著中山服，戴著藍帽子，一個戴著眼鏡，一個沒戴眼鏡。安生娘說：啊來啦？我娃他爹說要見你們。就領著去了臥屋。然後安生娘出來和方起琴、駝背老太太說話。駝背老太太沒有見上兒子，上了火，眼角有了兩疙瘩白，又說她牙疼。安生娘替她擦了眼屎，舀了半碗漿水讓先喝著，臥屋裡在喊：安生，安生！安生娘說：叫我哩。接著應聲：你說話。安生爹說：去給他們做飯！

安生從外邊回來的時候，娘已經做了一大鍋包穀糝稀飯，裡邊煮了芋頭，還煮了黃豆。老少八個人吃畢了飯，方起琴和駝背老婆婆還依舊在灶間搭麥草地鋪，而三個男的都進了地窖，能在那張席上睡下就睡下，睡不下就坐著。

當然地窖裡的一張席上睡不下，但地窖裡暖和，三個男的讓安生去睡，他們就坐靠在窖壁下過夜。安生也不睡了，和他們拉話。安生知道了那戴眼鏡的姓耿，是東鄰縣的林業局幹部，他弟弟在縣政府辦工作，因反革命言論被送進了學習班。那個農民姓晁，是縣北湯峪鎮的，他的叔父是區委書記，以死不悔改的走資派被送進學習班的。沒戴眼鏡的姓寧，是西鄰縣醫院的醫生，他的姊夫是右派，因與人打架被送進了學習班。三個男人整夜坐在黑暗的地窖裡商量著明天如何去縣革委會狀告學習班，安生插不上話，就靜靜聽他們說。後來問：你家裡有沒有紙？安生說：好像有，你們要寫告狀信嗎？姓耿的說：寫個告狀信。安生從地窖裡出來翻櫃子，卻怎麼也找不到一張白紙，他倒把裝炒麵的盆子端到地窖，說沒有紙了，恐怕是娘拿去剪了鞋樣了。四個人就抓炒麵吃。我抓一把吃了，把盆子遞給你，你抓一把吃了，把盆子遞給他。吃得都打噴嚏。天一露明，三個男的要走，去臥屋給安生爹道別。安生聽到娘在說：不吃飯就走呀？爹在說：咋能不吃飯?!去，有啥好的就做啥好的！娘說：家裡還有七八顆雞蛋，準備拿到方鎮上賣了稱鹽呀，那就打兩顆做雞蛋湯。爹發了火：什麼雞蛋湯，煮，都煮成荷包蛋！再擠些奶！

吃了荷包蛋，喝了羊奶，是安生爹把三個男的送到院門口。那時青蛙沉默了好久，突然叫了一下，姓耿的說：院子裡咋還有青蛙？安生說：那是看門戶的。姓耿的說：青蛙能看門戶？安生爹解釋了一番，姓耿的說：啊沉默才是最好的預警！那我回去了也逮住青蛙看門呀。

※　　※

三天後，錢生櫃從學習班回來，給馬接續說了有人在學習班鬧事，而且鬧到了縣革命委員會的事。馬接續說：讓我琢磨琢磨。他一琢磨事，手就要伸進懷裡搓垢痂。問：不會是兩個女人吧？錢生櫃說：你說的是那個方起琴？女人能生啥么蛾子?!他又說：是不是三個男的，有兩個模樣像工作幹部？錢生櫃說：其中一個戴著眼鏡。他就叫起來了：我就覺得不對勁麼！馬接續找到鄭風旗，鄭風旗正遵照武主任的安排，組織村裡的拔河活動，鄭風旗說：就你事多！馬接續倒指責鄭風旗沒腦子，是階級鬥爭新動向重要還是以拔河促團結重要？就說了錢生櫃的話。鄭風旗說：咱是得維護學習班。要去給武主任反映，又擔心武主任不以為然，便再聯合了苟再長、薛紅星、岳發生、張百從、許歡喜、劉有餘、邢互助、馮開張，甚至邵子善、白承禮、米小見等十三人一起把安生家給武主任舉報了。說安生家成了地富反壞右家屬的窩點，啥人尋啥人，這些地富反壞右家屬仇恨黨仇恨社會主義仇恨文化大革命，在那裡控訴學習班，辱罵革命幹部和群眾，發洩對無產階級專政的不滿，應該取締這個黑窩點，沒收其得到的衣物，尤其那頭奶羊。村裡人向武主任舉報，錢生櫃再把這情況回饋給了學習班的冉組長，冉組長也來和武主任談話。隨後，武主任就到安生家沒收奶羊。當時安生沒在家，武主任帶著鄭風旗、薛紅星、馬接續，說了許多上綱上線的話，安生娘在院子裡指著太陽發咒，說無論是她家人還是外來人，他們絕沒有罵過共產黨，沒罵過文化大革命，沒罵過學習班。如果她說一句假話，讓天上雷把她轟了，上山滾坡，下河溺水，讓望春樹的馬蜂螫死！並且保證以後誰再來住都不讓住了，來的人即便凍死餓死在巷道裡也不讓進院門。安生娘拿出了一個小木匣子，從裡邊取出了五斤糧票，三元錢，說來的人就給了這麼多糧票和錢，她一兩一分都不要了，全上交。她把糧票和錢交給了武主任，卻攔住不讓拉奶羊。馬接續黑了臉，說：由你啦?!一把推去，她倒下去，一屁股坐在了放在地上的水盆裡。水盆是木頭做的，沒有破，水卻流得像一窩蛇。奶羊被拉著出院門，四蹄像棍一樣撐在那裡。馬接續一個人拉不動，薛紅星從後邊拽了尾巴掀。奶羊叫得可憐，糞蛋子從院子裡一直撒到巷道裡。院子裡一吵嚷，青蛙就不叫喚，安生爹在炕上躺著，沒出來也沒說話，他的老毛病又犯了，連續地打嗝，發出長長的怪異的啊聲。

安生回來，奶羊剛被拉走，安生抄了頂門杠子就要去攆。娘一把拽住，說：娃，娃呀，你尋死呀！安生還是放不下，身子往前撲。為娘的拽不住了，她關了院門，一撲遝坐在門關下，恨著用指頭指兒子：你知道不，人家認定咱家是黑窩點啦，上了綱上了線，才把羊拉走的。安生罵：上他娘的綱呀線呀，那是瞅上羊奶羊肉啦！自己便哭起來。整個後晌，娘都在哭，沒離開過院門口，安生不能出去，在院子裡待不住，下到地窖，又從地窖上來，下去上來，上來下去。後來，他就把斧頭拿在手裡了，嚇得娘說：你幹啥，你幹啥?!過來又攆他，他就爬上了望春樹，在樹上砍起一條枝股。砍起的木屑亂濺，樹在劇烈地晃動，樹頂上的馬蜂紛紛揚揚。娘聲都破了音，喊安生快下來，安生不下來，她又喊安生爹。安生爹光著腳跑出來，但見馬蜂並沒有飛下來，而糾結一團始終在樹梢之上，晚霞照著，如光如煙。

※　　※

冉組長卻沒有把奶羊拉走。因為再過五天，縣革命委員會對全縣三個學習班的管理狀況進行檢查，可能要將三個學習班壓縮成兩個，誰家能保留，就看檢查的結果。冉組長給武主任說：檢查團來的那天，你帶村人把羊送來慰問吧。這意義你明白。武主任說：明白。卻又說：檢查團帶隊的是縣革委會蘇主任嗎？如果是蘇主任，你也給說說，讓他能趁機到團結村看看。兩人商定後，武主任親自牽了羊去村飼養室，讓老孫頭飼養幾天。

奶羊拴在牛圈裡，一直咩咩地叫，聲音微弱細碎，白多黑少的眼裡往外淌淚。奶羊竟然還能流淚，村裡好多人都去看。先是覺得可憐，拿些嫩草來扔給牠吃，或在那一大堆牛草裡翻撿著苜蓿、白毛草、水苣、齒莧。牛草被翻得亂七八糟，老孫頭沒制止，拿了煙鍋子回坐到飼養室他那土炕上吸煙去了。大家還在翻撿嫩草，薛紅星一晃一晃地也來了，看了一會兒奶羊，便跳過牛圈裡的欄杆，仰倒下去，抓住奶羊的乳頭吸吮。他這麼一吸吮，三四個人學樣跳過欄杆，把薛紅星拉出來了，他們趴下去吸吮。而欄杆外還擠著七八個人，氣憤不過，叫喊起來。老孫頭從飼養室炕上下來，見狀就罵，把所有人趕走。第一天趕走了人，第二天人又來，嚷嚷著還要吸吮奶汁：奶羊就是產奶的，不吸吮牠乳頭子也往出滴答，豈不白白浪費？老孫頭是看管著奶羊，但能不去吃飯不去上廁所，能一直守在奶羊跟前嗎？何況不可犯了眾怒呀！老孫頭放開了，允許人來吸吮，而他規定必須是每個下午，他把吃旱煙的火繩點著，掛在那裡，火繩燒完了就得結束。消息一傳開，來的人越發多。老孫頭讓大家排隊，佇列從欄杆前排到牛圈門外。老孫頭用攪料棍敲打那個銅臉盆，說：不能擁擠，不能插隊，一人只能吸吮一口，相互監督著，不得吸過了二返身又排隊！他就站在奶羊旁邊，眼看著來的人吸吮一口，若吸吮過了還喘一口氣再吸吮，攪料棍就打過去。前邊人吸吮過了，嘟囔著沒有吸吮好，後邊的人總結經驗教訓，吸吮前做深呼吸，一口就吸吮得很長很狠，爬起來的時候就嗆口了。而有的人在說：把他的，人常說把吃奶的勁都用上了，這真是的！

奶羊被無數的人吸吮了三天。到了第四天，又是排了幾十人的隊。奶羊的聲已經發顫，四條腿撐不起了身子，倒在地上，還是被人掰開後腿去吸吮。而武主任來了，一進牛圈，見來生運趴在那裡，雙手把奶羊奶袋子拉得多長地在吸吮，就大聲說：人呢？人呢?!他喊叫這人，指的是老孫頭。老孫頭這時正在上廁所，聽到武主任聲，提著褲子跑過來，說：主任，你也來一口。來生運卻叫開了，並呸呸地唾，他吸出來的是血。武主任極其生氣了，質問誰讓吸吮的，有這樣吸吮的嗎?!老孫頭把人往出轟，給武主任賠不是，承認吸吮奶是他的主意，村裡人都惦記著奶羊，不怕賊偷，就怕賊惦記，所以才讓吸吮的，但他上了個廁所，沒控制好人數和秩序。武主任吸了吸鼻子，不再指責，而在交代：從現在起，誰也不能吸一口羊奶！給奶羊喂好草，燒些水給洗個澡，再找一節紅綢子，明天去學習班慰問時紅綢子要纏在奶羊頭上。老孫頭一一應諾，但他家沒有紅綢子，正作難，劉有餘袖著手來了，說：別人都吸吮過兩三次了，我還沒見過羊奶子啥樣子哩！老孫頭直擺手，劉有餘醒不來，還說：咱村裡從沒養過奶羊呀，羊奶是啥味道呢？老孫頭恨恨地說：屎的味道！劉有餘這才看到欄杆後站著的武主任。他問候武主任：主任你吃啦？武主任不理他。老孫頭說：有餘，你家有紅綢子沒，一綹都行。劉有餘睜著眼。／幹啥呀？／給奶羊掛個彩。／給奶羊掛彩？奶羊是勞模還是結婚啊，掛彩?!／屁話多！有沒有？／沒紅綢子，有一條紅布編的褲帶。／老孫頭就打發劉有餘回家去取紅褲帶，越快越好。

※　※

我把碗放在上房臺階上，蹴在那裡吃飯，蒼蠅嗡嗡著，時不時就在碗沿上趴。我不停地揮著手趕，娘說：那是飯蒼蠅，聞著飯味就會來的，沒事。蒼蠅還分什麼屎蒼蠅、飯蒼蠅?!我拿筷子在空中打，一隻竟然就掉落在飯裡，一時噁心，就把半碗菜糊糊倒了。娘又開始罵糟蹋了糧食，我不再去盛飯了，噘了嘴到巷道裡生氣。

巷道裡隔壁的王嬸從水泉裡回來，提了一籃子洗過的衣服，遇見李萬安的媳婦，兩人嘰嘰咕咕地說話，她們說的是舉報我家黑窩點的事，也不避我。我走過去時，王嬸問：安生，你家奶羊被沒收，知道是被人舉報的嗎？我說：知道！她說：知道不知道是馬接續和鄭風旗起的頭？我在地上唾唾沫，說：我估摸也是他倆！他倆一直對我家不好，舉報就舉報吧。我往前走，王嬸又說：你肯定不知道，還有苟再長、薛紅星、岳發生、張百從、許歡喜、邢互助、馮開張、劉有餘……我站住了：這麼多人也舉報呀，你說誰，劉有餘？王嬸說：可不還有劉有餘。這麼多人都舉報了我，他們平常待我家還可以呀，他們家裡的青蛙差不多也是我捉了送的，怎麼跟著馬接續、鄭風旗就舉報呢？人心咋是這樣?!而劉有餘家和我家一直關係友好呀，他家院牆倒塌前借過我家一升米的，下雨天院牆倒塌壓死了一頭母豬後，我娘再沒提還米的事。還有，我爹還在方鎮小學教書的時候，他老婆得了絞腸痧，住醫院付不起錢，尋到我爹，是我爹墊的藥費。還有還有，是他把我爹從學習班背回來的呀。竟然還有他，這使我特別傷心和氣憤。我不在巷道裡轉了，回來給我娘說。／有誰都不該有他呀，你是不是聽錯了？／娘，這是王嬸說的，冤枉不了他。／唉，唉，咋能是這樣！／王嬸說人沒尾巴比驢難認，他劉有餘是驢！／他是長輩，你胡罵？／他是叛徒！／啥的？／叛徒！電影裡人最恨的就是叛徒！／娘拿指頭戳我嘴，她讓我甯寧的。

我寧不下啊。吃晚飯的時候，我就去了劉有餘家。劉有餘坐在灶房門檻上吃飯，碗比頭大，一邊吃一邊說：這有多苦？這不苦麼。灶房裡他女兒說：還不苦？是苦膽了你才說苦?!給你說這茵陳煮不成鍋，你說茵陳葉子還綠綠的，煮了飯就稠了。哼，稠是稠了，一鍋飯卻糟蹋了！劉有餘說：咋是糟蹋了，這能吃麼。他老婆端了碗從裡屋出來，說：能吃了你吃！往死著吃！看見了我，伸過碗來：安生你來嘗嘗苦不苦？飯是蕎麵疙瘩湯，裡邊煮了芋頭和青菜，我吃了一口，苦得舌頭便吐出來。劉有餘見狀不吭聲，低頭吃飯。我說：有餘伯，我問你個話，咱倆到院門外。劉有餘說：啥話，還要到院門外？到了院門外，他說：我是犯了錯我吃，一頓吃不了，我吃兩頓三頓，你問啥話？我說：我家的奶羊被沒收了，是你舉報我家是黑窩點？劉有餘不吃飯了，眼珠子要擠出來，說：啊你，你，咋說這話。有沒有這事？我瞪著他，指頭幾乎就戳到他鼻子上了：這你給我說明白！劉有餘不再看我，他圪蹴下了，腮幫子動了一陣，才說：哎，哎，安生呀，伯給你說……我說啥呀，我說啥話，你就權當伯放了個屁。放了個屁？我說，屁也能把燈扇滅哩！劉有餘抬了頭再看我，他的額頭上一層一層皺紋，說：哎，哎，伯沒本事啊，只能隨大流麼。他老婆出來了，說：啥話不敢讓我聽啊?!劉有餘趁機端著碗回去了。我和劉有餘就說了那幾句，但我看見他進院門時個頭似乎縮小了一截，又是外八字腳，鞋後跟碰著，搖擺得像個鴨子。

離開了劉家，我坐在巷道東口外的土塄上，喉嚨裡格兒格兒響。一條狗從土塄邊的小路上跑了來，牠跑上來沒聲。還正想著哪兒來的流浪狗？接著上來的是鄭風旗。我擰過頭沒有理他，他也沒有理我。他帶著他的狗進了巷道，那巷道裡有著荀再長的家，馮開張的家。他和狗又拐過朝北的巷道，那條巷道裡是有著武主任的家，邢互助和岳發生的家。我突然覺得我是不是不該找劉有餘了？有能耐找鄭風旗呀，找馬接續呀，找更多的人呀，逼問可憐的劉有餘，是不是有些欺軟怕硬呢？

※　※

經過檢查，尖角梁學習班確實因管理不善而被取消，與縣城關的學習班合二為一，成為超大的學習班。管理人員轉移了，被管制的走資派、階級異己分子、死不悔改的地富反壞右、牛鬼蛇神轉移了，連鐵柵欄大門拆下來也轉移了。尖角梁廢棄的勞教所再一次廢棄，但大院還在，大院裡的房子還在，高大的圍牆還在。

團結村再沒有了去幫工的差事，一切都安然下來，繼續「抓革命，促生產」，繼續開展拔河的娛樂活動。家家戶戶依然養著青蛙，巷道裡蛙聲此起彼伏。安生家的望春樹上時不時還在冒煙，馬蜂是飛出去了，馬蜂又飛回來。只是飛天再不能送吃食給她爹了，她婆在晝夜啼哭。

初稿完成於二〇二〇年七月十五日
二稿完成於二〇二〇年十月二十二日
三稿完成於二〇二一年二月六日

後記／

山海經過——《青蛙》後記

賈平凹

過去有女人踩了龍的爪印而受孕的傳說，《青蛙》寫作的衝動，則緣於邢同義的《恍若隔世》。那是一本極具史料價值的紀實作品，讀了，一下子勾憶起我十三四歲的經歷。那時候是文化大革命的中期，我父親以歷史反革命罪被送進學習班，學習班離我們村不遠；兩三年間，我和學習班發生著關係，我們村和學習班更有著糾纏不清的瓜葛。荒唐又悲涼啊。

我活到現在，自己的經歷和父輩的經歷，牽扯了一百多年，不知是有幸還是無幸，我一直都在竭盡努力地寫著兩代人的故事。文化大革命應該是這兩代人交替線，也是百年歷史的一個分割節點。為這個節點我寫了《古爐》，也寫過《廢都》，再寫《青蛙》，我想，對我創作而言，從此這一頁徹底翻過。

事情往往有驚人的奇妙，就在《青蛙》寫到了望春樹上的馬蜂群漫空紛亂的章節時，突如其來的有了關於我和我女兒的網暴，當年《廢都》所發生的一幕重現，海嘯一般啊，洶洶湧湧，日月慘澹。我女兒年輕，她渾身是傷地趴在沙灘上，我是朽木了，浪高我高，浪低我低，浮著倒還看了風景。《青蛙》的年代過去了五六十年，物質的環境大多變化，人性裡的醜陋依然如故。中國是這樣吧，世界也是這樣吧，社會永遠是人類和非人類的現實。正如此，我停下筆來，讀了幾天蘇東坡，再拿起筆了，《青蛙》裡就多了純真、善良和美好。

我們都喜佛恨魔，佛書上卻有了一段話，大致的意思是魔在說：我是讓眾生成佛的，眾生都成佛了，我也去成佛。

因為關注的不再是熱鬧的追逐，看到的是一鍋沸水，究竟的是鍋下的柴薪，寫作的想法變了，做法自然隨之賦形。從《醬豆》起，仍然有線條，卻越多的是色塊，線條便或斷或隱。曾聽到外國出版社的編輯如何厲害，常將作家的文稿調整甚至重新編排而不大理解，通過寫《醬豆》和《青蛙》，明白了這是作品以色塊結構的原因。再者，就是敘述的緩慢和迂迴，一唱三歎了，使作品沉鬱厚實。再者，把對話乾脆以詩的分節杠標出，希望使作品增加密度，更縮短篇幅。

還有呀，這幾年看了許多五十年代的畫作，聽了許多五十年代戲曲唱段，那時的畫家和演員，中規中矩，老實、質樸，甚或有些笨拙，但竟是那麼地感人。我們現在是聰明，華麗了，也太聰明和華麗。反省著，企圖改正著，終因積重難返，這也是我不滿意《青蛙》的地方。

夜來一笑寒燈下，始是金丹換骨時。

慢慢體會到了時空二字，這也不枉度過了近七十年。黃昏的野外，我獨自站在大地，想著從幼年少年中年成了老漢，萬般感歎，如今，我站著如一棵樹了，樹下是濃重的影子，而路還在遠方。

（本書借用了邢同義紀實作品《恍若隔世——回眸夾邊溝》中關於一條綠褲一帶的細節，在此特別說明並致以感謝。）

二〇二一年二月八日　西安

國家圖書館出版品預行編目資料

青蛙 / 賈平凹著作. -- 初版. -- 臺北市 : 麥田出版, 城邦文化事業股份有限公司出版 : 英屬蓋曼群島商家庭傳媒股份有限公司城邦分公司發行, 2024.11
面； 公分. --（麥田文學 ; 333）
ISBN 978-626-310-776-2（平裝）

857.7 113015247

麥田文學 333

青蛙

著　　　作　賈平凹
責 任 編 輯　陳佩吟
校　　　對　杜秀卿

版　　　權　吳玲緯　楊　靜
行　　　銷　闕志勳　吳宇軒　余一霞
業　　　務　李再星　李振東　陳美燕
副 總 編 輯　林秀梅
編 輯 總 監　劉麗真
事業群總經理　謝至平
發 行 人　何飛鵬
出　　　版　麥田出版
城邦文化事業股份有限公司
台北市南港區昆陽街16號4樓
電話：886-2-25000888　傳真：886-2-2500-1951
發　　　行　英屬蓋曼群島商家庭傳媒股份有限公司城邦分公司
台北市南港區昆陽街16號8樓
客服專線：02-25007718；25007719
24小時傳真專線：02-25001990；25001991
服務時間：週一至週五上午09:30-12:00；下午13:30-17:00
劃撥帳號：19863813　戶名：書虫股份有限公司
讀者服務信箱：service@readingclub.com.tw
城 邦 網 址　http://www.cite.com.tw
麥田部落格：http://ryefield.pixnet.net/blog
麥田出版Facebook：https://www.facebook.com/RyeField.Cite/
香 港 發 行 所　城邦（香港）出版集團有限公司
香港九龍九龍城土瓜灣道86號順聯工業大廈6樓A室
電話：852-25086231　傳真：852-25789337
電子信箱：hkcite@biznetvigator.com
馬 新 發 行 所　城邦（馬新）出版集團
Cite（M）Sdn. Bhd.（458372U）
41, Jalan Radin Anum, Bandar Baru Seri Petaling,
57000 Kuala Lumpur, Malaysia.
電話：+6(03)-90563833　傳真：+6(03)-90576622
電子信箱：services@cite.my

封 面 設 計　莊謹銘
電 腦 排 版　宸遠彩藝工作室
印　　　刷　前進彩藝有限公司
初 版 一 刷　2024年11月28日
初 版 二 刷　2024年12月26日

定價／400元
ISBN：978-626-310-776-2
9786263107748 (EPUB)